rororo

Janne Mommsen hat in seinem früheren Leben als Krankenpfleger, Werftarbeiter und Traumschiffpianist gearbeitet. Inzwischen schreibt er überwiegend Romane und Theaterstücke. Mommsen hat in Nordfriesland gewohnt und kehrt immer wieder dorthin zurück, um sich der Urkraft der Gezeiten auszusetzen.

Janne Mommsen

Das Inselweihnachts-wunder

Roman

Rowohlt Taschenbuch Verlag

2. Auflage Dezember 2022

Veröffentlicht im Rowohlt Taschenbuch Verlag, Hamburg, Oktober 2022

Covergestaltung und -abbildung
HAUPTMANN & KOMPANIE Werbeagentur, Zürich
Satz aus der DTL Dorian
bei CPI books GmbH, Leck
Druck und Bindung GGP Media GmbH, Pößneck
ISBN 978-3-499-00487-2

Wenn du aufhörst zu schenken, hörst du auf zu lieben.
Wenn du aufhörst zu lieben, hörst du auf zu wachsen.

MICHEL QUOIST

1.

Nach seinem langen Weg über das Nordmeer fegte der Sturm mit ungebremster Kraft auf Föhr zu. Die Dachbalken von Carolas Reetdachhäuschen ächzten bei jeder Böe. Die Pfarrerin warf einen letzten Blick in den Spiegel neben der Flurgarderobe und versuchte die bedrohlichen Geräusche von draußen auszublenden. So war es halt in der Adventszeit auf der Insel. Sie würde jetzt trotzdem vor die Tür gehen.

Carola streifte den viel zu großen dunkelblauen Seemannspullover aus irischer Wolle über und schlüpfte in ihre gefütterte Wetterjacke, deren Kapuze man bis zur Nase runterziehen konnte. Bei dem, was sie vorhatte, durfte sie auf keinen Fall erkannt werden.

Behutsam nahm sie den Porzellanteller mit den Antipasti aus dem Kühlschrank und spannte Frischhaltefolie darüber. In die sackartige Seitentasche ihrer Jacke steckte sie eine Flasche Bio-Rhabarbersaft, in die andere Tasche kam ein Trinkglas von IKEA. Den Teller mit der linken Hand balancierend, öffnete sie mit der rechten die Wohnungstür. Eine heftige Windböe riss ihr die Vorspeise fast aus der Hand. Misstrauisch schaute sie die Straße hinunter, bei diesem Sturm war niemand unterwegs. Sie eilte los. Der Wind war schneidend kalt, ließ ihre Finger rot werden und schmerzen. Sie hätte Handschuhe anziehen sollen, aber deswegen wollte sie jetzt nicht noch mal zurück.

Prompt passierte genau das, was sie auf jeden Fall vermeiden wollte: Monika Lange kam mit dem Fahrrad direkt auf sie zugefahren. Schlimmer hätte es nicht kommen können. Monika war Friseurin in Utersum und eine der größten Klatschtanten der Insel.

«Moin, Frau Pastorin», grüßte sie fröhlich und stieg vom Rad. Ihre Haare trug sie immer in wechselnden Farben von Rot bis Lila, das war ihr Markenzeichen. Jetzt lugten nur ein paar blaue Fransen unter der Pudelmütze hervor.

«Moin», antwortete Carola. Kurz grüßen und weitergehen funktionierte bei allen Insulanern – nur nicht bei Monika.

«Wo geit?».

«Bestens!», sagte Carola. «Und selber?»

«Auch.»

Hoffentlich sagte sie nichts zu dem Teller. Doch das war ein vergeblicher Wunsch:

«Oh, was gibt es in der Kirche denn heute zu essen?»

«Das ist mein Pausenbrot.»

«Sieht lecker aus.»

«Gutes Essen hält Leib und Seele zusammen», meinte Carola. Ihre Finger waren inzwischen komplett gefühllos. «Ich muss weiter.»

«Mach's gut.»

«Tschüssing.»

Carola stöhnte leise auf, sie hatte Monika angelogen. Das Essen war keinesfalls für sie selbst bestimmt. Niemand durfte wissen, wen sie mit Antipasti und Rhabarbersaft versorgte. Es war eine schwere Sünde, daran gab es nichts zu deuteln.

Bitte, vergib mir meine Schuld, bat sie im Stillen.

Mit ihrem linken Stiefel stieß sie das eiserne Tor zum Friedhof auf und eilte an den Grabsteinen vorbei. Hier lagen viele Seefahrer und Walfänger aus vergangenen Jahrhunderten begraben. Die Föhrer Kapitäne waren berühmt für ihre nautischen Fähigkeiten gewesen. Wer im Wattenmeer bei Ebbe und Flut navigieren konnte, fand sich auch im Eismeer zurecht. Die Namen auf den Grabsteinen waren Carola vertraut, sie lauteten Petersen, Braren, Olufs, Martens, Hassold. Mit ihren Nachfahren hatte sie täglich auf der Insel zu tun.

Inmitten des Friedhofs stand der mächtige Friesendom aus dem 13. Jahrhundert wie eine feste Burg, es war die größte Kirche der Insel. Der eckige Turm mit dem Satteldach streckte sich über dreißig Meter schroff in den stürmischen Himmel und trotzte allen Wettern.

Beeil dich, bevor dich noch jemand sieht, ermahnte sie sich. Sie versuchte die schwere Holztür zum Turm aufzuschließen, ohne den Teller abzusetzen. Dabei rutschte ihr die Kapuze vor die Augen, prompt fiel ihr auch noch der Eisenschlüssel aus der Hand. Also Teller abstellen, Schlüssel aufheben, aufschließen, Teller reinbringen, auf dem Steinfußboden abstellen, und dann hinter sich abschließen. Geschafft!

Im Inneren des Doms war es absolut windstill. Hinter den meterdicken, uralten Mauern fühlte sie sich geschützt. Sie schlug die Kapuze hoch und atmete auf, die erste Hürde war genommen. Carola schaute auf die steinerne Treppe, die zum Turm hoch führte. Erneut kamen ihr Zweifel: Sollte sie nicht doch besser umkehren?

Nein, sie hatte es angefangen, jetzt würde sie es auch zu Ende bringen. Im Treppenhaus war es frostig, die winzigen Fenster ließen nur wenig Licht herein. Behutsam nahm sie Stufe für Stufe.

Hoffentlich mochte ihr Gast da oben, was sie ihm mitgebracht hatte. Anfangs hatte sie an Spaghetti Frutti di Mare gedacht, die sie selbst über alles liebte. Aber die verdarben zu schnell, deshalb hatte sie Antipasti zubereitet: Champignons in Olivenöl, getrocknete Tomaten, eingelegte Auberginen, Avocado in Balsamico und einiges mehr. Oben im Turm war es jetzt im Dezember eiskalt, da würde sich alles gut halten.

Auf halber Strecke musste sie eine kurze Pause einlegen, weil ihr die Luft ausging. *Mensch, Carola, du bist fünfunddreißig und fährst viel Rad, das wirst du ja wohl locker schaffen!* Gab es nicht sogar Wettläufe bis aufs Dach des Empire State Building in New York? Wie man das hinbekam, ohne tot umzufallen, war ihr schleierhaft.

Nach einiger Zeit gelangte sie zu den mächtigen Bronzeglocken, die so hoch waren wie sie selbst. Sie blieb stehen und holte erneut tief Luft. Auch hier war sie noch nicht am Ziel. Ihr Handy klingelte. Sollte sie rangehen? Sie stellte den Teller auf den Boden und drückte den grünen Knopf.

«Schmidt.»

«Moin, Carola.» Es war ihr Pfarrerskollege Benedikt Blüthgen, genannt «Bene», von der Fünfzig-Seelen-Hallig gegenüber im Wattenmeer. Auch er durfte nicht wissen, was sie hier tat.

«Wo steckst du?», fragte Bene.

«Ich bereite im Friesendom die Probe für den Heiligabend vor.»

Schon wieder gelogen, Carola!

«Ach, deswegen hallt es so.»

«Was gibt's?», fragte Carola.

«Ich bin in Frankfurt mit dem Wagen liegengeblieben und schaffe es nicht rechtzeitig auf die Hallig.»

«Oje.»

«Könntest du eventuell meinen Adventsgottesdienst übernehmen?»

«Ich habe, wie gesagt, eine Probe», sagte Carola.

«Es geht erst um vier Uhr los.»

«Hängt vom Wetter ab.» Sie musste ja rüber auf die Hallig kommen.

«Angesagt ist Windstärke fünf.»

«Das würde gerade noch hinhauen», meinte sie.

«Super, tausend Dank! Dann gebe ich dem Organisten gleich Bescheid.»

«Bis dann.»

«Bis dann – und danke noch mal!»

Carola legte auf und blickte argwöhnisch auf die schmale Holzleiter, die neben den Glocken an einem Balken lehnte. Wie sollte sie die jetzt hochkommen? Den Teller balancierend, arbeitete sie sich Sprosse für Sprosse voran. Mehrmals war sie kurz davor, das Gleichgewicht zu verlieren, dabei schoss ihr vor Schreck das Blut in den Kopf.

Es ging gut – gerade so!

In der nächsten Etage roch es nach altem Staub und trockenem Holz. Über eine weitere wackelige Leiter ging es zu dem kleinen Raum direkt unter der Turmspitze. Inzwischen war sie geübt und ging es beherzter an.

Ganz oben angekommen, konnte sie kaum stehen, so eng war es hier. Der eiskalte Westwind tobte durchs Gebälk und drückte die salzige Meeresluft durch jede Ritze. Durch eine kleine Maueröffnung blickte sie hinaus. Die Wellen der Nordsee liefen hoch auf und trugen schaumige Kronen auf den Spitzen. Der Sturm versetzte die ganze Insel in Bewegung, der Sand an den Stränden wurde hoch aufgewirbelt, das Dünengras gebürstet, Bäume und Büsche bogen sich. Ein Plastikstuhl wurde mit schnellen Salti über ein abgeerntetes Feld geschleudert.

Von der Nachbarinsel Amrum blinkte der Leuchtturm in Nebel herüber, als wollte er Kontakt zum Friesendom aufnehmen. Der lag auf einer Linie mit der Kirche St. Severin in Keitum auf Sylt, der Alten Kirche auf Pellworm und der heute auf dem Festland angesiedelten Kirche St. Magnus in Tating auf der Halbinsel Eiderstedt. Eine schöne Idee der damaligen Baumeister.

Es fing an zu regnen, die Tropfen peitschten ihr durch den Mauerspalt ins Gesicht. Ein paar Sekunden später drehte der Wind, die dunklen Wolken rissen auf, und die Sonne strahlte vom blauen Himmel auf die Insel und das Meer. Der Sturm hielt alles weiter in Bewegung, im Sonnenschein sah es jetzt aus wie ein übermütiger Tanz. Carola liebte dieses kräftige, sattgoldene Wintersonnenlicht, das es nur zur Adventszeit gab. Damit kündigte sich jedes Jahr das Weihnachtsfest an.

Sie kniete sich auf den Boden, stellte den Teller ab und entfernte die Folie. Der Duft von Knoblaucholiven füllte den zugigen Raum. Die Antipasti waren mal etwas anderes als das, was Nis Puk sonst vorgesetzt bekam. Die Rhabarbersaft-Flasche stellte sie zusammen mit dem Glas daneben. Zusätzlich klemmte sie eine grüne Papierserviette mit aufgedruckten Weihnachtsbäumen unter den Teller. Sie goss etwas Saft ins Glas. Zufrieden blickte sie auf ihr Arrangement, das im kahlen Dachraum einladend aussah.

Von Nis Puk hatte sie das erste Mal gehört, als sie gerade nach Föhr gekommen war. Nach alter friesischer Überlieferung waren die Dachböden und Scheunen der Insel das Zuhause des Trolls. Nis stammte aus heidnischen Zeiten, lange vor dem Christentum. Er wirkte ausgleichend auf die Bewohnerinnen und Bewohner eines Hauses und passte auf sie auf. Einmal im Jahr, zu Weihnachten, musste ihm etwas zu essen hingestellt werden. Geschah das nicht, wanderte er weiter, und das Haus war vom Verfall bedroht. Konnte man so etwas ernsthaft glauben?

Viele Insulaner machten sich darüber lustig – und stellten Nis trotzdem etwas zu essen hin. Zugegeben, auch Carola war empfänglicher für solche Phänomene, als sie es von Berufs wegen sein durfte. Am Freitag, den 13. zum Beispiel mied sie Entscheidungen und ging ungern aus dem Haus. Wovon natürlich niemand etwas wusste.

Mit ihrem Glauben an den Troll befand sie sich in bester Gesellschaft, auf Island glaubte der Großteil der Bevölkerung daran. Dort gab es sogar ein Ministerium, das einen Baustopp für eine Autobahn erzwungen hatte, damit Elfen ungestört weiterziehen konnten. Auf Föhr durfte niemand erfahren, was sie hier für Nis Puk tat. Immerhin war sie die Pastorin der größten Kirche. Und trotzdem glaubte sie natürlich an Gott, Jesus und den Heiligen Geist, über die sie jeden Sonntag predigte, das war ja klar.

Andererseits waren Gottes Wege unergründlich. Was, wenn er Nis Puk für jene Menschen geschaffen hatte, die mit dem biblischen Glauben nichts anfangen konnten? Zugegeben, das war ein ketzerischer Gedanke, so konnte man jeden Unsinn rechtfertigen. Doch selbst wenn es den Troll nicht gab, schadete das Mahl niemandem. Und so abwegig, wie es im ersten Moment schien, waren die heidnischen Traditionen auch wieder nicht: Oder was hatten Weihnachtsbaum und Ostereier mit der biblischen Botschaft zu tun?

Plötzlich setzte ein Höllenlärm ein. Die tonnenschweren Glocken unter ihr schlugen vier Uhr. Ihr Körper vibrierte bei jedem Schlag. Sie hielt sich die Ohren zu, aber das änderte nichts.

Als endlich wieder Ruhe herrschte, warf sie einen letzten Blick auf das Essen und kletterte guter Dinge die Leiter hinab, was ohne Teller spielend leicht war.

Im Innenraum der Kirche wurde gerade auf der Orgel ein uralter Rocktitel gespielt, der Jahrzehnte vor Carolas Geburt ein Hit gewesen war: «Child in Time» von Deep Purple. Die Töne aus den Pfeifen vermischten sich mit dem Sturmgeheul, das ergab eine ganz eigene Musik.

Bitte, Nis Puk, falls es dich gibt, und das glaube ich, lass dir dieses Jahr irgendetwas für mich einfallen!, betete sie im Stillen. Begleitet von den Orgeltönen, eilte Carola die Stufen des Kirchturms hinab.

2.

Als Carola die Kirchentür öffnete, lächelte sie. Kinder liefen herum, Jugendliche, Eltern und Großeltern standen beisammen oder saßen auf den Bänken. Es war ein Gebrumme wie im Bienenstock, überall wurde gelacht und geschwatzt. Dazu spielte Organist Roland leise «Child in Time», was sich wie eine passende Begleitmusik über die Szenerie legte. Alle freuten sich auf die Probe für den Weihnachtsgottesdienst und hatten jetzt schon Lampenfieber.

Der Friesendom bestand aus einem langgestreckten Mittelschiff, einem Querschiff und dem abgesetzten quadratischen Chor. Die hölzernen Bänke für die Gottesdienstbesucher waren in dezentem Dunkelgrün gehalten und an den Seiten verziert. Vorne gab es einen Altar mit kunstvoll geschnitzten Holzfiguren, die das Leben und Wirken Johannes des Täufers darstellten. Davor hing das Modell eines alten Segelschiffs von der Decke. Der Altar war für Carola mindestens so spannend wie ein Kinofilm: im Lauf der fünf Jahre, die sie nun auf der Insel lebte, hatte sie immer neue Details darin entdeckt. Gegenüber dem Altar lag die Empore. Die altehrwürdige Orgel mit ihren mächtigen Pfeifen befand sich auf einer Extra-Empore.

Roland brach sein Orgelspiel ab und winkte ihr zu. Sie winkte fröhlich zurück. Niemand ahnte, wie es der Pastorin in ihrem Inneren ging.

Noch hatte sie vierzehn Tage Zeit bis Heiligabend, aber die rauschten immer schnell vorbei, bis sie dann in dieselbe Katastrophe schlitterte wie in den vergangenen Jahren. Im Grunde nahm sie auf dieser Probe Anlauf für ihren Untergang, doch daran durfte sie jetzt nicht denken.

Hinter großen Schautafeln mit Fotos von ihrer Frühjahrsfahrt nach Dänemark zogen die Konfirmandinnen gerade ihre Föhrer Trachten an, die hohe Textilkunst waren: Der Trägerrock bestand aus dunkelblauem Tuch mit einer Weite von bestimmt fünf Metern, das Rückenteil war sechzigfach gefaltet, dazu kamen eine weiße Schürze aus Batist und der filigrane Brustschmuck. Das Anlegen der Trachten war alleine nicht zu schaffen, ein paar ältere Insulanerinnen halfen ihnen dabei. Die Mädchen lebten ansonsten mit Tablet und PC wie andere Jugendliche auch. Die Traditionen der Insel empfanden sie jedoch als etwas Besonderes, das sie stolz weiterführten.

«Moin, Carola», riefen sie.

«Moin zusammen», grüßte Carola zurück.

Sie kletterte auf die Kanzel aus dem 18. Jahrhundert, die an einem seitlichen Pfeiler angebracht war. Von hier predigte sie selten, sie stand lieber nahe bei ihrer Gemeinde vor dem Altar.

Unter ihren Schuhen knirschte es ungewohnt, sie blickte zu Boden und entdeckte einige Glasscherben. Wieso hatte die Putzfrau der Kirche sie übersehen? Birgit war sonst absolut zuverlässig. Auch das Lesepult war staubig, anscheinend hatte sie vergessen, die Kanzel zu wischen.

«Moin, Moin!», rief Carola in den Raum. Alle wurden still und schauten zu ihr hoch. «Schön, dass ihr gekommen seid, um einmal mit mir den Weihnachtsgottesdienst durchzugehen. Den Ablauf seht ihr auf den Zetteln, die am Eingang verteilt wurden.»

Vor dem Altar stand die Band mit Schlagzeug, Gitarren, Mikros und Verstärker. Die jungen Musiker und Musikerinnen stimmten gerade ihre E-Gitarren.

«Seid ihr bereit?», rief Carola ihnen zu.

«Jo», kam es verhalten zurück.

Sie lachte. «Das ist alles?»

Die Bandmitglieder grinsten und spielten zusammen einen Akkord in einer derartigen Phonzahl, dass Carola ernsthaft Schäden am Mauerwerk befürchtete. Jetzt trat die fünfzehnjährige Swantje in Friesentracht mit Mikro vor die Band.

Carola blickte zur Empore. «Roland?»

Der Organist hob lächelnd den Daumen und beugte sich über die Tasten. Vor dem Altar zählte der Schlagzeuger acht Schläge vor, dann begannen Roland und die Band mit dem Stück, das sich einige ältere Gemeindemitglieder gewünscht hatten: Swantje sang «Child in Time» von Deep Purple voller Inbrunst. Ihre raue Stimme passte perfekt zu dem Song aus den Siebzigern: *Sweet child in time, You'll see the line. The line that's drawn between good and bad …* Carola lief ein Schauer über den Rücken.

Als Swantje fertig war, klatschte sie begeistert in die Hände. Die Kirchentür öffnete sich, und Klaas Broder im weiß-blau gestreiften Hemd kam herein. Seinen Seemannsgang konnte der Fischer auch an Land nicht ablegen. Er drückte Carolas Hand zur Begrüßung so fest, dass sie um ihre Finger fürchtete. Klaas war sein Leben lang

Fischer gewesen und leitete nun die Föhrer Tafel. Zusammen mit ein paar engagierten Rentnern sammelte er bei Bauern und in Supermärkten Lebensmittel für Bedürftige auf der Insel.

«So weit ist es schon gekommen», stöhnte er und schaute sie besorgt an.

«Was ist?», fragte Carola.

«Wie es aussieht, muss ich meine Vorurteile gegen Sylt aufgeben. Es fällt mir nicht leicht, das sag ich dir.»

«Aber wieso denn?», hakte sie nach. Das Lästern über die mondäne Nachbarinsel gehörte auf der Insel zum guten Ton.

«Ein Sylter Nobelrestaurant hat unserer Tafel pünktlich zum Fest 150 tiefgefrorene Bio-Enten gespendet», sagte er. «Plus Rotkohl.»

«Einfach so?»

«Die haben aus Versehen zu viel bestellt und können das nirgendwo lagern. Deshalb wollen sie armen Föhrern Gutes tun.» Klaas schüttelte bekümmert den Kopf. «Wirklich, das ist nicht mehr das überhebliche, schnöselige Sylt, das ich kenne.»

Jetzt entdeckte Carola ein Lächeln auf seinem Gesicht. «Ich fahr in paar Tagen mit meinem Kutter rüber und hole es ab», knurrte er.

Klaas huschte hinüber zu den Konfirmandinnen und Konfirmanden, die zwischen ein paar Älteren standen, einige davon ihre Großeltern. Alle hielten weiße Kerzen in der Hand, die sie für die Probe aber nicht angezündet hatten. Sie lasen mit verteilten Rollen das Gebet eines französischen Priesters über die Liebe.

Alt und Jung nebeneinander ergaben ein schönes Bild. Gleichzeitig wusste Carola: Wenn am 24. Dezember dieser Programmpunkt erreicht war, stand sie selbst nur noch eine Stunde vor dem absoluten Tiefpunkt des Jahres. Sie war gerne Pastorin und begleitete Menschen auf allen Wegstrecken des Lebens, auf Taufen, Hochzeiten und auch Beerdigungen. Sie bot Seelsorge, Gespräche und Gottesdienste. Bei ihren Predigten hatte sie im Lauf der Jahre ihren eigenen Stil entwickelt. Carola bemühte sich, möglichst normal, freundlich und respektvoll zu sprechen. Das weihevolle Geseiere einiger Kolleginnen und Kollegen auf der Kanzel hatte sie noch nie gemocht. Zu ihr konnte man mit seinen Sorgen genauso um Mitternacht kommen wie nachmittags um vier, und das war nicht nur so dahingesagt. Pastorin zu sein, war ihre Berufung, sie wollte nichts anderes machen. Alles war gut.

Bis auf den Heiligabend. Nicht der Festgottesdienst, wenn die Kirche übervoll war und sich alle in einer hochfeierlichen Stimmung befanden, die es so nur an diesem Abend gab. Sondern das Danach. Wenn alle beim Essen mit ihren Familien zusammensaßen, tigerte sie mutterseelenallein im Pastorat auf und ab. Vielleicht hätte sie sich irgendwem anschließen können, aber das fünfte Rad am Wagen wollte sie auch nicht sein. Daher blieb sie Heiligabend immer alleine. Und genau das war das Problem.

Carola war schon seit einigen Jahren Single, und es sah so aus, als ob sich daran nichts mehr ändern würde. Manchmal bekam sie Anflüge von Torschlusspanik: Würde niemals mehr ein Mann in ihr Leben treten? Was verhinderte, dass sich bei ihr in der Liebe etwas tat? Ihr Beruf? Sahen Männer sie als eine Art Nonne, mit der man nicht flirten durfte? Dabei war sie eine ganz normale Frau, mit ganz normalen Sehnsüchten.

Sosehr sie die Insel liebte, in dieser Hinsicht hatte sie ihr kein Glück gebracht. Entweder waren die Männer vergeben oder nicht ihr Fall. Leider zog kaum jemand Neues hierher, sodass ihr Liebesleben auf null stagnierte. Zu den Ü-30-Partys traute sie sich nicht: Alle kannten die Pastorin des Friesendoms, jeder ihrer Schritte würde dort genau beäugt werden. Nach zwei Gläsern Wein hatte sie mal überlegt, es einfach von der Kanzel herunterzurufen: «Liebe Gemeinde, am Schluss des Gottesdienstes habe ich noch ein persönliches Anliegen. Ich suche dringend einen Mann. Ob älter oder jünger, ist egal, vor allem sollte er Humor haben. Und Sexappeal natürlich, er muss mich kicken. Wer so jemanden kennt, möge sich bei mir oder im Gemeindebüro bei unserer Frau Petersen melden, ich nehme Angebote gerne entgegen.»

Okay, das war nur Phantasie. Aber wenn weiterhin nichts passierte, verlor sie ihre Hemmung vor so einer Kamikaze-Aktion, da war sie sicher. Was hatte sie zu verlieren?

Sie brauchte gar nicht auf den Ablaufzettel zu schauen, sie wusste auch so, was als Nächstes kam. Im Heiligabend-Gottesdienst gab es einen grausamen Teil, der für sie schon auf der Probe eine Herausforderung war. Das Böse lauerte im Seitenschiff in Form von zwanzig Insulanerkindern, alle im Alter zwischen fünf und zehn, die aufgeregt durcheinanderschnatterten. Natürlich im Prinzip alles liebenswerte Wesen.

Die Kinder stellten sich im Halbkreis um den wuchtigen Taufstein herum, der vor über 800 Jahren aus einem Findling gearbeitet worden war. Darin war ein Mischwesen eingraviert, halb Löwe, halb Schlange, das dabei war, einen Menschen zu verschlingen.

Das Unheil wurde durch längliche, hohle Holzstäbe mit Löchern verursacht, in die man hineinblasen konnte. Es sollte einen warmen Klang erzeugen. Allerdings nur im *besten* Fall, und der war während ihrer Zeit im Friesendom noch nie eingetreten. Sie hoffte, dass der Herrgott ihr die bösen Gedanken verzeihen würde, aber falsches Blockflötenspiel löste in ihrem Gehirn einen Schmerz aus, der Zahnbohren gleichkam. Im Unterschied zum Zahnarzt gab es im Gottesdienst jedoch keine Option auf Betäubungsmittel.

Die fünfzigjährige Ludmilla, die bis vor zwei Jahren in Kasachstan diverse Blockflötengruppen geleitet hatte, stellte sich vor die Kinder und hob die Hände. Dann flöteten sie «Süßer die Glocken nie klingen», und zwar so laut, schrill und falsch sie konnten. Machten die das mit Absicht? Carola wünschte sich einen Hörschutz, wie ihn Bauarbeiter trugen, die Presslufthammer in Asphalt rammten. Sie fragte sich, wie sich Jesus in ihrer Lage verhalten hätte. Womöglich hätte er eine Ausnahme von der Nächstenliebe zugelassen und das Flötenspiel abbrechen lassen.

Jetzt gab Ludmilla das Schlusszeichen, der pummelige Eike kleckerte noch einen Takt hinterher, bevor er es bemerkte.

Mütter und Väter überhörten das Elend, die Liebe zu ihren Kindern setzte ihre Urteilsfähigkeit komplett außer Kraft. Einige Blockflöten-Eltern setzten noch einen drauf, indem sie sich zu Carola stellten und sie stolz anstrahlten: «Phantastisch, oder? So gut waren sie noch nie!»

Jeder Beruf hatte eben seine eigenen Härten. Als Pastorin durfte Carola wahre Elternliebe natürlich nicht in Frage stellen. «Sie haben wunderbar gespielt!», antwortete sie dann mit einem süßen Lächeln. Der Herrgott mochte ihr auch diese Lüge verzeihen.

Als wenn das nicht schlimm genug wäre, bot ein Vater ihr an: «Ich habe es mit meinem Handy aufgezeichnet, warte, ich schicke es dir direkt rüber!»

Das Flötenspiel würde sie überleben. Der Abend im Anschluss war schlimmer. Aus dem Trauma nach der Christfeier hatte sich bei ihr eine Macke entwickelt, für die sie sich abgrundtief schämte: Sie konnte im Gottesdienst die Weihnachtsgeschichte nicht vorlesen, ohne dass ihr Tränen in die Augen traten und ihre Stimme brüchig wurde. Was vollkommen lächerlich war, aber sie kam nicht dagegen an. War es reines Selbstmitleid, oder schon eine psychische Störung? Auf jeden Fall war es peinlich. Carola hatte alles probiert, um es abzustellen. Sie wollte den Part aber auch nicht jemand anderem überlassen. Letztes Jahr hatte sie die Geschichte vorher fünfzigmal in der leeren Kirche geprobt, um sich zu desensibilisieren: «Es begab sich aber zu der Zeit, dass ein Gebot von dem Kaiser Augustus ausging, dass alle Welt geschätzt würde …» Alleine klappte es absolut tränenfrei. Aber als sie dann Heiligabend auf der Kanzel stand, schluchzte sie sofort los.

Am liebsten hätte sie an Weihnachten Urlaub genommen, aber es war nun mal der einzige Tag im Jahr, an dem sie nicht fehlen durfte. Hoffentlich fiel Nis Puk und / oder dem Herrgott dieses Jahr irgendetwas für sie ein. Vielleicht ein Wasserschaden, sodass die Kirche an Heiligabend leider geschlossen bleiben musste? Die Gemeinde müsste sich dann auf die anderen Inselkirchen verteilen, die ihre eigenen Pfarrerinnen und Pfarrer hatten. Sie selbst würde es sich am schönsten Hotelpool des Südens gutgehen lassen und hemmungslos mit Single-Männern flirten. Mit Sicherheit würde sie denjenigen treffen, der sie bei leicht heruntergezogener Sonnenbrille anlächelte und allein für sie bestimmt war.

Schon im nächsten Moment schämte sich Carola für diese Phantasien. Das Engagement ihrer Gemeindemitglieder für die Christmette war rührend, und selbstverständlich wünschte sie sich keinen Wasserschaden in ihrem Friesendom. Trotzdem brauchte sie dieses Weihnachten dringend ein Wunder, ohne Wenn und Aber. Sie war jetzt einfach mal dran! Die Bibel war voller Wunder. Wieso sollte nicht auch ihr eins widerfahren?

Dieses Jahr hatte sie mit Nis Puk sogar noch die heidnische Seite hinzugebeten, vielleicht brachte das ja zusätzlich etwas. Und wenn nicht? Dann müsste sie sich doch an einen anderen Ort versetzen lassen. Obwohl das wirklich schlimm wäre, sie liebte die Insel über alles.

Doch darüber sollte sie jetzt nicht nachdenken. Sie glaubte fest daran, dass alles gut wurde. *Dieses Jahr werde ich nach dem Festgottesdienst nicht alleine bleiben, das ist doch so, oder?*, flüsterte sie und schaute aus einem der Domfenster in den blauen Himmel.

3.

Nach der Probe eilte Carola zurück in ihre Wohnung und packte Talar, Bibel und ihre schwarzen Wildleder-Stiefeletten in den Rucksack. Wenn sie rechtzeitig zum Adventsgottesdienst auf der Hallig sein wollte, musste sie sofort weiter. Über Seemannspullover und Wetterjacke zog sie die leuchtend orange Schwimmweste, über die Jeans kam eine gefütterte Regenhose. Elegant ging anders, aber Dienst war Dienst.

Eine halbe Stunde später betrat sie den Steg des Seglerhafens, in dem im tiefsten Winter außer ihrer «Fering Engel» nur noch zwei weitere Motorboote lagen. Es war drei Uhr, zum Hallig-Gottesdienst um vier würde sie es locker schaffen.

Den Bootsführerschein hatte sie ein Jahr zuvor gemacht, dafür hatte sie richtig büffeln müssen. Umso stolzer war sie, als sie das Patent in der Hand hielt, inklusive Seefunkzeugnis. Kurz danach hatte sie ein ausrangiertes Polizeiboot gekauft und es in «Fering Engel» umgetauft. Das kleine Boot war stabil gebaut, besaß einen starken Motor und hatte in der Kajüte zwei Sitze. Das Blaulicht hätte sie am liebsten behalten, aber das war leider nicht erlaubt. Mit dem Boot besuchte sie die umliegenden Inseln und Halligen, was sie sehr cool fand. Ihr Spitzname auf der Insel war «der rasende Engel».

Carola kletterte an Bord, legte den Rucksack unter den Sitz und startete den Motor, der sich blubbernd zu Wort meldete. Dann schaltete sie die elektrischen Kerzen am kleinen Weihnachtsbaum ein, den sie an der Bugreling angebracht hatte. Das musste im Advent einfach sein.

Sie tuckerte aus dem Hafen heraus. Jenseits der Kaimauer wurde die See kippelig. Carola kämpfte sich durch die hohen Wellen mit den weißen Schaumkronen, zum Glück wurde sie nie seekrank. Im Sommer brauchte sie bis zur Hallig ungefähr zwanzig Minuten, heute würde sie doppelt so lange unterwegs sein.

Mit einer Hand hielt sie das Ruder, mit der anderen nahm sie ihr Handy und rief Birgit an. Dass die den Friesendom nicht geputzt hatte, bereitete ihr Sorgen, da musste etwas passiert sein. Leider ging nur die Mailbox ran, Carola bat um Rückruf.

Batsch! Wieder krachte ein schwerer Brecher gegen den Bug, die Gischt spritzte im hohen Bogen über das Dach der Kajüte hinweg. In diesem Moment rissen die Wolken auf, die pralle Sonne beleuchtete das aufgeschäumte Wasser.

Als sie sich der Hallig näherte, bezog sich der Himmel wieder. Ihr schauderte immer ein bisschen, wenn sie hier war. Auf den Halligen lösten sich klare Gewissheiten auf: Was Meer war und was Land, wechselte je nach Tide. Da es keinen Deich gab, wurde bei Sturmflut alles überspült.

Vor dem kleinen Hafen stand ein riesiges, rot umrandetes Seezeichen mit einem durchgestrichenen Anker. Sie drosselte das Tempo und hielt auf den Steg zu. Neben drei bauchigen Krabbenkuttern mit Netzen an den Auslegern hatte ein motziges, großes Rennboot mit spitz zugeschnittenem Bug festgemacht. Der Rumpf war knallrot lackiert, es war so etwas wie die maritime Version eines Angeber-Sportwagens. Ein Rennboot ergab im Wattenmeer überhaupt keinen Sinn, weil es im Nationalpark eine strikte Geschwindigkeitsbeschränkung gab, die von der Wasserschutzpolizei streng kontrolliert wurde. Nur ein Kerl meinte so ein Boot hier zu brauchen, sein Name stand in großen Lettern am Bug: «Makler Jan Rickleffs».

Carola kannte ihn flüchtig, er wurde von allen «Rick» genannt, ein smarter, schlanker Typ in ihrem Alter. Er tauchte überall auf, wo das große Geld mit Immobilien im Spiel war. Sie hatte ihn ein paarmal an Sylkes Stehtisch an der Promenade getroffen, seitdem grüßten sie sich kurz, wenn sie sich begegneten. Anscheinend kaufte und verkaufte er seine Immobilien auch hier auf den Halligen.

Carola bugsierte die Fering Engel an einen Steg, sprang an Land und machte die Leinen fest. Die Schwimmweste verstaute sie im Vorderschiff, dann schnallte sie ihren Rucksack über und stiefelte auf dem geteerten Weg zur Kirchwarft, auf der als einziges Gebäude das kleine Gotteshaus stand. Auf dem Straßenbelag hatte sich eine dünne Eisschicht gebildet, laut Wettervorhersage war es möglich, dass es später noch schneite.

Kurz darauf betrat sie den Vorraum der reetgedeckten Kirche, in der bereits ein Dutzend Halligleute warteten, die sie herzlich begrüßten. «Moin. Schön, dass du da bist, Carola!»

Die Kirche war das einzige Gebäude auf der Hallig, das nichts mit Landwirtschaft oder Tourismus zu tun hatte. Sie war dafür geschaffen, um über sich und die Welt nachzudenken, egal ob man fromm war oder nicht. Der Innenraum bot ungefähr sechzig Menschen Platz. Die

Decke war mit biblischen Szenen bemalt, der kleine, uralte Flügelaltar hinter der Kanzel stammte aus einer jener Halligkirchen, die man in den letzten Jahrhunderten den Fluten überlassen musste. Auch hier gab es, wie im Friesendom, einen uralten Taufstein, der aus einem Findling gearbeitet worden war. Auf zwei Tafeln an der West- und Südwand waren in Goldschrift chronologisch die Namen der Pastoren seit dem 17. Jahrhundert aufgeführt. Neben dem Altar stand ein prächtiger Weihnachtsbaum, der bis zur Decke reichte und mit Lametta und Kugeln behängt war. Jemand musste ihn auf dem Festland ausgesucht und mit dem Schiff hierhergebracht haben, auf der Hallig gab es so gut wie keine Bäume.

Durchs Fenster sah Carola, dass sich kleine Gruppen von Halligleuten der Kirche näherten, einige auf Fahrrädern, einige mit dem Trecker, andere zu Fuß. Carola verschwand schnell in einem winzigen Nebenraum und zog sich den Wollpullover aus. Über die schwarze Bluse, die sie darunter trug, zog sie den Talar, den sie von ihrem Pastoren-Onkel Alfons übernommen und auf ihre Größe hatte umschneidern lassen. Wenn man sehr genau hinschaute, sah man, dass er an einigen Stellen geflickt war. Carola fühlte sich wohl darin, damit trug sie immer ein Stück ihrer Familie bei sich. Dazu zog sie ihre knöchelhohen Stiefeletten an. In einem Spiegel überprüfte sie kurz den Sitz ihrer Haare, zuppelte hier und da etwas zurecht, dann ging sie mit der Bibel in der Hand hinaus. Das tat sie wohl etwas abrupt, jedenfalls stieß sie vor der Tür mit einem Mann zusammen.

«Sorry», murmelte sie.

«Nein, ich bin schuld», entgegnete er mit tiefer Stimme. Er war etwas jünger als sie, vielleicht Mitte zwanzig. Seine

Augen waren groß und braun, seine mittellangen dunklen Haare vom Wind zerzaust, der schwarze Bart kurz geschnitten. Er trug eine dunkle Hose, sein schwarzer Rollkragenpullover und das elegant geschnittene graue Jackett waren vielleicht etwas zu stylish für die Halligkirche. Landwirt oder Fischer war er nicht, dafür waren seine Finger zu makellos. Was suchte so jemand auf der Hallig? War er Feriengast?

«Sind Sie Pastorin Schmidt?», fragte er mit unbewegter Miene.

«Ja.»

«Torin Hansen, ich bin heute Ihr Organist.»

Kannst du vielleicht auch mal lächeln? Nur ein ganz kleines bisschen? Organisten waren ihrer Erfahrung nach eine ganz eigene Spezies. Oft sehr verschroben, natürlich nicht alle, aber deutlich mehr als der Schnitt der Bevölkerung. Viele trugen Frisuren, Brillen und Pullover, die seit Jahrzehnten aus der Mode waren. Ihr Hallig-Organist zählte nicht zu den Schlimmsten dieser Art, aber ein Lächeln hätte ihm gestanden.

«Wir können uns gerne duzen – Carola.»

«Torin.» Er gab ihr höflich die Hand.

«Bist du das erste Mal auf der Hallig?», fragte sie.

Immerhin war sie schon ein Dutzend Mal hier gewesen, um Bene Blüthgen zu vertreten.

«Meistens lebe ich in Hamburg, aber ich bin hier aufgewachsen.»

Sie lächelte. «Wie sind deine Eltern darauf gekommen, dich Torin zu nennen? Vor allem hier oben im Norden?»

«Ihrer Erzählung nach bin ich in Rom gezeugt worden», erklärte er.

Komm, jetzt hättest du wirklich mal lächeln können! Leicht enttäuscht wandte sie sich wieder dem Geschäftlichen zu. «Hast du von Benedikt die Lieder bekommen, die wir heute singen?»

Er nickte.

Ein Freund vieler Worte war er nicht, aber das war sie auf den Inseln und Halligen so gewohnt.

Die Kirche wurde proppenvoll. Carola setzte sich in die erste Reihe, neben einen alten Fischer mit schwieligen Händen und wettergegerbtem Gesicht. Draußen heulte der Sturm um die Mauern, es fühlte sich an, als ob Torin seine Bewegung aufnahm. Dann setzte er der Dramatik etwas entgegen, indem er auf der Orgel ein schnelles, fröhliches Bach-Präludium anstimmte.

Am Ende des Stückes drehte er sich zu Carola und nickte. Sie lächelte kurz zurück, trat vor die Gemeinde und sprach mit ausgebreiteten Armen den Segen aus. Dann begann Torin das Vorspiel von «Großer Gott, wir loben dich», und die Gemeinde begann zu singen.

Ihre Predigt begann sie mit einer Beschreibung des Meeres, über das sie gerade gekommen war: «Obwohl ich es jeden Tag sehe, gibt es mir immer noch unendlich viele Rätsel auf. Trotzdem, oder gerade deswegen bin ich gerne am Wasser.» Dieses Gefühl kannten alle Halligleute. «So geht es mir manchmal auch mit der Bibel. Unter uns, alles darin verstehe ich auch nicht, aber ich lese sie voller Neugier. Sie setzt unzählige Gedanken in Gang, es ist wie beim Blick auf die hohe See. Man steht immer wieder vor sich selbst.»

Nach dem Gottesdienst verabschiedete sich Carola von den Besuchern mit Handschlag und ging dann zurück in die Kammer, um sich umzuziehen. Organist Torin wartete vor der Tür, als sie mit ihrem Rucksack in der Hand heraustrat. Er blickte sie mit seinen Hundeaugen an.

«Du hast sehr schön gespielt», sagte sie.

«Danke.» Er zupfte sich verlegen am Bart. «Äh, es gibt da etwas, was ich dich fragen wollte. Du kannst selbstverständlich auch nein sagen.»

«Wie kann ich behilflich sein?»

Er fuhr sich mit der Hand durchs dichte Haar. «Es geht um meine Urgroßmutter Annerose.»

«Annerose», wiederholte Carola. «Ein schöner Name, wie aus einem alten Roman. Habe ich sie schon mal gesehen?»

In fünf Jahren wäre das durchaus möglich gewesen.

«Sie ist keine große Kirchgängerin, fürchte ich.»

«Wie alt ist sie, wenn ich fragen darf?»

«Fünfundneunzig.»

«Wow.»

Er nickte. «Die Sache ist die: Moma, wie wir sie nennen, liebt Weihnachten über alles. Sie lebt praktisch das ganze Jahr auf Heiligabend zu.»

«Wie schön.»

Er lächelte das erste Mal, wenn auch verhalten. Man konnte es weiter ausbauen, aber es war ein Anfang.

«Es ist nicht nur das, sie hat an Heiligabend auch noch Geburtstag.»

«Ein Weihnachtskind!» Carola strahlte.

«Mit den Vorbereitungen für das Fest fängt sie spätestens im September an. Aber dieses Jahr ist das erste Mal, dass sie das nicht mehr kann.»

«Das tut mir leid.»

Sein Gesicht verdunkelte sich. «Der Arzt meint, Heiligabend wird sie nicht mehr erleben … Mit fünfundneunzig ist das nichts Außergewöhnliches, das wissen wir. Aber Moma wird uns so sehr fehlen! Ihr Humor, ihre Lebenslust, ihr Optimismus, einfach alles an ihr. Moma ist das Zentrum unserer Familie.»

Sah sie es richtig, dass Torins Augen feucht wurden?

«Kann ich etwas für euch tun?», fragte sie.

Torin nickte. «Moma hat in den letzten Wochen nicht mehr richtig mitbekommen, welchen Tag wir gerade haben.»

«Es war wohl nicht mehr wichtig für sie.»

«Ja und nein. Sie redet immer davon, dass sie mit uns am Heiligabend ihren 96. Geburtstag feiern will. Allein das hält sie noch am Leben.»

«Ist doch toll!»

«Doktor Weber meint aber, es ist ausgeschlossen.»

«Das weiß nur Gott allein.»

Ob ihn das tröstete?

«Na ja, wir hatten die Idee, dass wir den Heiligabend vielleicht vorziehen könnten.» Torin blickte sie fragend an.

«Wie das?»

«Das wirkliche Datum bekommt sie ja nicht mit.»

«Wann wollt ihr denn Weihnachten feiern?»

«Jetzt gleich», sagte er leise.

«Heute?»

«Also, wir wollten dich bitten, eine kleine Andacht zu ihrem Geburtstag und zu Weihnachten zu halten. Das würde sie überglücklich machen.»

«Habe ich richtig verstanden? Ich soll so tun, als wäre heute Heiligabend?»

«Nur, falls es möglich ist», sagte er.

Carola holte tief Luft. Als Pastorin sollte sie eigentlich ein Vorbild in Sachen Wahrheitstreue sein. Was, wenn sich das auf den Inseln und Halligen herumsprach? War dann ihr Ruf ruiniert? Oder war es eine Notsituation, und sie durfte das?

Wohl eher nicht.

«Unter einer Bedingung», sagte sie.

«Und die wäre?»

«Niemand außerhalb eurer Warft erfährt davon.»

Eigentlich wusste sie jetzt schon, dass das unmöglich war. Aber sie wollte es wenigstens einmal gesagt haben.

«Einverstanden … Und danke.»

Torin zückte sein Handy und drückte eine Nummer. Er drehte sich ein bisschen zur Seite. «Ist die Ente im Ofen?», fragte er und hörte einen Moment zu, was die Person am anderen Ende antwortete. Dann wandte er sich wieder Carola zu. «Ich soll dich fragen, ob du Gewürznelken im Rotkohl magst. Das ist die Beilage zur Ente.»

«Ja.»

Ob sie Fleisch aß, war offenbar keine Frage.

Carola zog ihre Wetterjacke an, auch Torin machte seine Fischerjacke zu und setzte eine Wollmütze auf, die er sich tief in die Stirn zog.

Sie war gespannt, was sie gleich erwartete.

4.

Es gab auf der Hallig keine Straßenlaternen, und draußen war es bereits stockdunkel. In den Sturm mischten sich nun Graupelschauer, die ihr erbarmungslos ins Gesicht peitschten. Carola konnte fast nichts sehen. Sie schnallte ihren Rucksack, so fest es ging, und zog die Kapuze tief ins Gesicht. Torin beugte sich wie sie mit dem Oberkörper weit nach vorne. Sie gingen nebeneinanderher, der Weg endete auf der Hansen-Warft.

Er riss die Tür zum Reetdachhaus auf und ließ ihr den Vortritt. Drinnen roch es nach Entenbraten, die bullige Wärme, die ihnen entgegenschlug, kam ihr vor wie eine andere Klimazone.

Sie hängten ihre Jacken an die Garderobe, dann führte Torin sie zu seiner Familie in die enge Küche. Carola hatte sie alle eben in der Kirche gesehen. Sein breitschultriger Vater Jens und seine zierliche Mutter Thekla saßen an einem großen Tisch und schälten Kartoffeln. Daneben putzte sein älterer Bruder Malte mit seiner Frau Marie Gemüse, vier Kinder im Vorschulalter saßen an einem kleinen Tisch in der Ecke und spielten Uno.

«Moin», grüßte sie in die Runde.

«Moin.»

«Sie sehen gar nicht aus wie eine Pastorin», sagte ein Junge mit abstehenden Ohren.

«Bin ich aber, ich heiße Carola, und du?»

«Leif.»

Torins Mutter erhob sich. «Schön, dass Sie gekommen sind.»

«Bleibt sitzen und lasst uns bitte ‹du› sagen, ich bin ja eure Pastorin.»

Die Gesichter der Erwachsenen wirkten angespannt. Sie sollten gleich Heiligabend spielen, obwohl sie als Hallig-Bauern bestimmt nicht die geborenen Schauspieler waren. Die Kinder waren sehr aufgeregt, hatten sie doch eben erfahren, dass ihre Bescherung jetzt schon stattfand und nicht erst in vierzehn Tagen. Torins Bruder Malte schickte sie hinaus. Dann kamen sämtliche Geschenke zum Einpacken auf den Tisch: zwei Handys, Bücher, coole Klamotten (die beguckten hier zwar höchstens die Wildgänse und vielleicht zwei Nachbarn, aber egal), ein Fernglas zur Vogelbeobachtung, Puppen, Legosteine. Das Einpacken wurde organisiert wie in einer Manufaktur, damit es schneller ging. Thekla legte einige Bögen Geschenkpapier auf den Tisch und schnitt es zu, Malte, Torin und Jens packten die Sachen in Kartons. Marie wickelte sie ein und verzierte sie mit Geschenkband, das mit einem Seemannsknoten zugebunden wurde. Torins Vater hatte angeblich die leserlichste Schrift und schrieb die Namen drauf. Carola wurde schnell zu warm, sie zog ihren Wollpullover aus.

«Selber gestrickt?», erkundigte sich Torins Mutter Thekla.

Carola lächelte. «Leider nicht.»

«Steht dir.»

«Danke.»

«Hat Torin dir ein bisschen was über Annerose erzählt?», fragte Jens.

«Ja, auf dem Weg.»

«Moma wird sich riesig freuen, dass du da bist.»

«Ich freue mich auch auf sie», sagte Carola. «Kann ich vorweg einen Moment alleine mit ihr reden?»

«Klar.»

Torin bat sie hinaus in den Flur.

«Ich weiß nicht, wie ich es sagen soll», begann er. «Also, meine Oma ist auf ihre Art manchmal sehr altmodisch ...»

Carola lächelte. «Du meinst, ob ich meinen Talar anziehen würde?»

«Hm.»

«Das ist doch selbstverständlich.»

«Es würde ihr viel bedeuten.»

«Warte, ich ziehe mich kurz um.»

Sie huschte in die begehbare Speisekammer neben der Küche und drückte den Lichtschalter. Der Raum war angenehm kühl, für bestimmte Lebensmittel war das die ideale Temperatur. Es roch nach Speck und geräuchertem Fisch. In den Regalen standen Konserven sowie Pasteten in großen Tontöpfen, außerdem Einmachgläser mit Gurken und Bohnen. Aus irgendeinem Grund hing an einer Wand ein kleiner Spiegel. Carola zog sich Onkel Alfons' Talar an und überprüfte ihre Frisur, die im Regen sichtlich gelitten hatte. Sie sah ziemlich wild aus, aber da war auf die Schnelle nichts zu machen.

Sie betrat die gute Stube. Eine Wand war vollständig gekachelt, wie es hier Tradition war. Die Kacheln waren blau gemustert und zeigten Motive vom Meer, von Fischen, Windmühlen, Segelbooten. Ansonsten gab es eine Schrankwand mit braunem Schleiflack, die vor Jahrzehnten mal modern gewesen war, drei Sessel, einen Tisch – und das Krankenbett am Fenster, in dem Annerose lag. Daneben stand der Weihnachtsbaum, an dem rote Kerzen brannten. Er war üppig mit Lametta behängt, ganz nach Carolas Geschmack.

«Moin», grüßte sie leise und setzte sich auf den Hocker am Kopfende des Bettes. Annerose hatte sich für die Feier fein gemacht, so gut es eben ging. Über ihr rosa Nachthemd hatte sie eine pinke Strickjacke gezogen, ihre weißen Haare sahen frisch gekämmt aus. Vom Bett aus konnte sie aufs Meer gucken, wenn es nicht gerade dunkel war wie jetzt. Carola hörte die Wellen an die Kante der Hallig schlagen.

«Ich bin Carola, die Pastorin vom Friesendom.»

«Und ich bin Annerose, die Uroma von der Hallig.»

«Herzlichen Glückwunsch zum Sechsundneunzigsten. Und gesegnete Weihnachten.» Damit war der 24. Dezember von ihrer Seite aus gesetzt.

Annerose lächelte selig. «Ja, ich bin ein echtes Christkind», flüsterte sie.

«Das ist etwas Besonderes.» Carola nahm Anneroses Hand. Dass dieses Geburtsdatum eigentlich unvorteilhaft war, weil ihr Ehrentag an Heiligabend bestimmt oft untergegangen war, spielte nun keine Rolle mehr.

Carola entdeckte einige Schwarz-Weiß-Fotos über dem Kopfende an der Wand. Sie zeigten eine kokette junge Frau, die mit drei Männern im Smoking posierte.

«Ich war Fotografin in Hamburg, bevor ich auf die Hallig kam», erklärte Annerose. «Das sind Heinz Rühmann, Heinz Erhardt und der junge Kulenkampff.»

Die Namen sagten Carola nichts, aber anscheinend waren sie mal berühmt gewesen. Die Fotos mussten aus den Fünfzigern stammen. «Von der Show-Welt bis auf die Hallig war es bestimmt ein weiter Weg», sagte sie.

Annerose winkte ab. «Es war alles gut, jedes zu seiner Zeit. Ich kann mich wirklich nicht beschweren.»

Carola nickte.

«Und jetzt holt mich bald Freund Hein, und dann ist alles vorbei», seufzte Annerose und nahm Carolas Hand. «Nur weil ich heute 96 geworden bin, gehe ich nicht gerne von dieser Welt.»

«Kann ich gut verstehen.» Carola lächelte. «Bei dem Schietwetter findet der den Weg zur Hallig sowieso nicht.»

«Na, ein Glück!»

«Soll ich dir etwas aus der Bibel vorlesen?»

«Oh ja, die Weihnachtsgeschichte bitte.»

Carola zuckte zusammen. Würde das gutgehen?

«Die Familie soll dazukommen», bat Annerose.

Carola ging in die Küche und rief die anderen herein. Zum Glück waren die Geschenke fertig eingepackt und konnten unter den Weihnachtsbaum gelegt werden.

Torins gesamte Familie versammelte sich in der Stube und verteilte sich auf Fußboden, Sesseln, Couch. Alle hatten sich schick gemacht, so wie ihre Uroma es liebte, die Männer mit Jackett, die Frauen in Festtracht. Die Gesichter der Kinder glänzten. Draußen prasselte der Regen gegen die Scheiben, drinnen bollerte der warme Kachelofen gegenan.

Carola stellte sich vor den Weihnachtsbaum und breitete die Arme aus. «Der Herr segne dich und behüte dich!» Sie wandte sich an Annerose: «Wie schön, dass wir den heutigen Heiligabend und deinen Geburtstag zusammen feiern können.»

Hoffentlich platzte nicht eins der Kinder mit der Wahrheit heraus. Aber die Kleinen waren gut ‹eingenordet›, wie man hier sagte, niemand verplapperte sich.

«Wollen wir nun gemeinsam etwas singen?», fragte Carola in die Runde.

«Ja», riefen alle.

«Welches Lied wünscht ihr euch für Annerose?»

«Moma soll aussuchen.»

Annerose lächelte: «Ihr wisst doch, was ich am liebsten mag.»

Torin öffnete die Stubentür, ließ sie offen stehen und ging in sein Zimmer ans Klavier. Kurze Zeit später erklang die Melodie durch den Flur, alle stimmten mit ein: «Es ist ein Ros entsprungen aus einer Wurzel zart ...» Kinder wie Erwachsene wirkten ergriffen, obwohl sie das Lied bestimmt schon hundertmal gesungen hatten.

Carola wartete, bis Torin aus seinem Zimmer zurückgekommen war, dann las sie mit leiser Stimme die vertrauten Verse aus dem Lukas-Evangelium: «Es begab sich aber zu der Zeit, dass ein Gebot von dem Kaiser Augustus ausging, dass alle Welt geschätzt würde ... Da machte sich auf auch Joseph aus Galiläa, aus der Stadt Nazareth, in das jüdische Land zur Stadt Davids, die da heißt Bethlehem ... auf dass er sich schätzen ließe mit Maria, seinem vertrauten Weibe, die war schwanger.»

Erstaunlicherweise war Carola völlig entspannt, als sie die Zeilen verlas. Zum ersten Mal seit Jahren konnte sie den Klang der Worte genießen.

Annerose schloss die Augen, Carola war nicht sicher,

ob sie zuhörte oder schlief. Hinterher war es einen Moment still, auch die Kinder sagten kein Wort. Man hörte nur die Regentropfen gegen das Fenster schlagen.

«Heute ist ein besonderer Tag», sagte Carola. «Annerose, du hast zusammen mit Jesus Geburtstag. Wenn du zweitausend Jahre früher geboren wärest, hättet ihr zusammen feiern können.»

«Auf der Hallig?», fragte Annerose amüsiert. «Die liegt viel zu weit weg von Bethlehem.»

«Wer weiß», sagte Carola. «Vielleicht wäre Jesus dann in einem Stall auf der Hansen-Warft zur Welt gekommen.»

«Und die Heiligen Drei Könige hätten den Polarstern gesehen», fügte eins der Kinder hinzu.

«Damals gab es unsere Hallig noch gar nicht», wandte ein anderes Kind ein.

«Aber ihr könnt es euch vorstellen», sagte Carola, «und das ist das Wichtigste.»

Alles nickte.

Carola wandte sich an Annerose. «Du hast mir vorhin gesagt, dass du ein wundervolles Leben hattest. Und jetzt schau dich um, all deine Lieben sind um dich versammelt – was für ein Segen liegt über dir!»

Carola machte eine Pause. Man hörte wieder den Sturm ums Haus heulen.

Annerose öffnete die Augen. «Fröhliche Weihnachten euch allen», sagte sie leise.

«Fröhliche Weihnachten!», riefen die anderen.

«Und noch mal herzlichen Glückwunsch zum Geburtstag, Moma!», sagte einer der Urenkel.

Carola blickte mit feuchten Augen auf den Weihnachtsbaum. Es war fast zu viel für sie. Sie erinnerte sich an die Bescherungen in ihrer Kindheit, als ihre Eltern noch lebten. Eine Trauer stieg in ihr hoch, wie sie sie lange nicht verspürt hatte. Die warme Stube der Hansens wirkte in diesem Moment wie ein traumhaftes Gemälde aus vergangenen Zeiten, das alle Veränderung in der Welt überdauert hatte.

Carola stand auf, breitete die Arme aus und sprach den Schlusssegen: «Der Herr segne dich und behüte dich, der Herr lasse sein Angesicht leuchten über dir und sei dir gnädig; der Herr hebe sein Angesicht über dich und gebe dir Frieden.»

Sie lächelte Annerose zu, deren Augen funkelten. An dieser Zuversicht wollte sie sich ein Beispiel nehmen.

Carola ließ einige Minuten verstreichen, dann deutete sie in Richtung Tür. «Ich muss dann mal wieder.»

«Bitte bleib», rief eins der Kinder, und die anderen pflichteten sofort bei.

Carola ließ sich nicht lange bitten.

Es folgte die Bescherung. Uroma Annerose hatte großzügig einkaufen lassen, im Internet, auf der gegenüberliegenden Insel und auf dem Festland. Aufgeregt packten die Kinder aus und bedankten sich überschwänglich. Auch Carola bekam ein Geschenk. Der fünfjährige Leif hatte es nicht akzeptabel gefunden, dass sie leer ausgehen sollte. Er hatte vor ein paar Tagen am Strand einen Glitzerstein gefunden, den er in Geschenkpapier gewickelt hatte und ihr nun feierlich überreichte.

«Der bringt Glück», behauptete er.

«Danke, Leif, das kann ich gebrauchen», bedankte sie sich leise. Es war das rührendste Weihnachtsgeschenk, seit sie zurückdenken konnte.

Und es war auch das schönste Weihnachtsfest seit langem. Obwohl ja genau genommen gar nicht Heiligabend war.

Jetzt konnte und durfte sie am 24. Dezember erst recht nicht alleine bleiben. Niemand auf der Insel sollte das!

5.

In der Küche wurde unter Hochdruck am Festmahl gewerkelt, das nun, nach der Andacht, am langen Tisch angerichtet werden sollte. Auf dem Herd dampfte und brodelte es, die Fensterscheiben waren beschlagen. Carola zog sich um und bot ihre Hilfe an, aber die wurde glatt und einstimmig abgelehnt. Die Familie war beim Kochen bestens aufeinander eingespielt, da stand sie nur im Weg.

Es klopfte, Torins Vater Jens stand in der Tür. «Der Wind dreht auf, in spätestens zwei Stunden haben wir Land unter.»

«Dann sollte ich sofort zurückfahren.»

«Denke ich auch.»

«Ich danke euch für alles», sagte sie.

Torin gab ihr die Hand. «*Wir* haben zu danken.»

Und dabei lächelte er! Carola konnte inzwischen verstehen, warum er vorher so ernst gewesen war. Der Zustand seiner Moma ging ihm einfach sehr nahe.

Von Annerose konnte Carola sich leider nicht verabschieden, sie war wieder eingeschlafen. Draußen empfingen Carola Dunkelheit, Graupelschauer und das wilde Rauschen des Meeres. Aber das machte nichts. Sie war von der Weihnachtsfeier noch ganz aufgewärmt.

Jens holte einen Unimog aus der Scheune, einen geländegängigen kleinen Lkw. Die Scheibenwischer schafften es kaum, den Regen wegzuschieben. Anscheinend kannte Jens die Wege, ohne dass er sie sah, und Carola fühlte sich sicher. Beide sprachen kein Wort.

Er hielt beim Anleger und nickte ihr zu. «Vielen Dank, pass auf dich auf!»

«Das habe ich vor.»

Das motzige Rennboot von Rick, das sie bei ihrer Ankunft im Hallighafen gesehen hatte, war verschwunden. Vermutlich war der Makler schon zur nächsten Immobilie in der nordfriesischen Inselwelt gezischt. Sie löste die Leinen ihres Bootes und startete den Motor. Die Armaturen vor ihr leuchteten auf, ansonsten war es dunkel in der Kajüte. Der Wind hatte zugenommen, die Rückfahrt würde heikel werden. Aber mit Gottes Hilfe würde sie es schaffen.

Vorsichtig verließ sie den Hallighafen. Die Fering Engel tanzte wie ein Korken in den Wellen, tückische Querströmungen machten es schwer, Kurs zu halten. Sie trieb immer wieder ab und musste mit dem Ruder fest dagegenhalten.

Da blinkte ungefähr eine viertel Seemeile vor ihr etwas auf, was da nicht hingehörte. Sie schaltete den Scheinwerfer auf dem Dach der Kajüte ein, der extrem stark war, wie es auf einem Polizeiboot auch sein musste. Der breite Lichtkegel erfasste auf der Backbordseite ein rotes Rennboot, das zur Seite gekippt war und im Wasser trieb. Es war das von Makler Rickleffs!

«Oh Gott», entfuhr es ihr.

Sie bremste und suchte angestrengt die Wasseroberfläche ab. Schwamm Rick hier irgendwo im eiskalten Meer?

Bei diesen Temperaturen und dem hohen Seegang hätte er kaum eine Überlebenschance.

Sie ließ den Scheinwerfer auf dem Wasser kreisen. Bald entdeckte sie eine orangefarbene Rettungsinsel, die mit einer Leine am untergehenden Rennboot befestigt war und in den Wellen auf und ab hüpfte. Sie richtete den Lichtstrahl darauf, und das Gesicht von Rick erschien in einer Öffnung. Er trug eine orangefarbene Wetterjacke, seine Haare waren klitschnass. Er rief etwas, das sie nicht verstand. Sie manövrierte die Fering Engel vorsichtig näher an ihn heran, was bei dem starken Seegang nicht einfach war.

«Mein Koffer!», brüllte Rick gegen den knatternden Wind.

«Bist du verletzt?», rief sie zurück.

«Mein Koffer!»

Offensichtlich stand er unter Schock.

«Bist du allein?»

«Such meinen Koffer!»

Daran war in der aufgewühlten See gar nicht zu denken. Carola überlegte, wie sie Rick bei den hohen Wellen sicher aus der Rettungsinsel in ihr Boot bekommen konnte. Wenn es schiefging, stürzte er womöglich in die aufgewühlte See und trieb ab. Sie versuchte die Fering Engel in seiner Nähe zu halten und schnappte sich ihr Handy, in dem die Nummer des Seenotrettungsdienstes eingespeichert war.

«Carola Schmidt von der Fering Engel. Es gibt eine Havarie kurz vorm Inselhafen, eine Person ist über Bord und schwimmt in einer Rettungsinsel.»

«Sind schon unterwegs», rief der Mann am anderen Ende und fügte hinzu, dass Rick bereits angerufen hatte.

Sie ging hinaus und warf Rick eine Leine zu, damit er die Rettungsinsel zusätzlich bei ihr sichern konnte. Sie behielt ihn fest im Blick und sprach im Stillen ein Gebet für ihn.

Zum Glück rauschte nach kurzer Zeit das große Schiff der «Gesellschaft zur Rettung Schiffbrüchiger» heran, die «Ernst Meier-Hedde». Ultrastarke Scheinwerfer an Bord leuchteten die Unglücksstelle taghell aus.

«Weg da!», schnarrte der Kapitän sie übers Megaphon an. «Wir brauchen Platz zum Manövrieren.»

Carola löste die Leine und fuhr in den schaukelnden Wellen ein paar Meter zur Seite. Der Kapitän brachte die Ernst Meier-Hedde gekonnt an die schwimmende Insel heran. Die Männer an Deck trugen orangefarbene Rettungsanzüge, mit denen sie nicht untergehen konnten, falls sie ins Wasser fielen. Einer der Leute sicherte sich mit einem Seil am Davit, einem kleinen Kran, und kletterte auf Ricks schwankende Insel. Mit geübten Handgriffen sicherte er Rick mit einem Gurt.

Hoffentlich geht das gut, dachte Carola.

Der Retter gab ein Zeichen, dann zogen seine Kollegen Rick und ihn über den kleinen Kran zu sich an Bord.

«Mein Koffer!», wimmerte Rick wieder.

Selbst wenn sie es gewollt hätten, wie sollten sie im aufgewühlten, dunklen Wasser einen Koffer finden? Die Seenotretter würden Ricks Boot bergen und mit Glück ein paar Kleidungsstücke von ihm aus dem Meer fischen. Wahrscheinlicher war jedoch, dass sie längst Richtung Atlantik trieben, genauso wie sein Koffer.

Die Seenotretter wussten, was sie taten, und brauchten Carola nicht mehr. Nachdem sie sich bei ihr bedankt hatten, brachte sie die Fering Engel von der Unglücksstelle weg und machte sich auf den Rückweg. Der Seegang war immer noch heftig, ihr kleines Boot kam nur langsam voran. Die Ernst Meier-Hedde überholte sie auf dem Weg zum Hafen.

Am Kai stand ein Krankenwagen mit Blaulicht, um Rick in Empfang zu nehmen. Sie sah, wie der Makler auf einer Trage von Bord des Rettungsschiffes transportiert wurde.

Carola schnappte sich das Funkgerät. «Hier Fering Engel», meldete sie sich. «Wie geht es Rick?»

Der Kapitän meldete sich. «Dürfen wir eigentlich nicht weitersagen.»

«Als Pastorin darf ich sowieso mit niemandem darüber schnacken.»

Am anderen Ende gab es eine kurze Pause. «Es sieht nicht schlimm aus, aber ob das wirklich stimmt, können wir noch nicht mit Sicherheit sagen.»

«Die Ärzte werden es herausfinden», antwortete sie.

«Wohl nicht. Er weigert sich, ins Inselkrankenhaus zu gehen.»

«Soll ich mit ihm reden?»

«Hat keinen Zweck», fluchte der Kapitän. «Der ist stur wie ein Bock.»

«Gottes Segen mit euch!»

Carola machte die Fering Engel im Sportboothafen fest, setzte sich auf ihr Rad und fuhr nach Hause. Dort warf sie ihre Schwimmweste vors Geschirrregal, setzte sich an den Küchentisch und mixte sich erst mal einen kräftigen Manhattan. Die dramatische Rettungsaktion war ein Kontrast zum andächtigen Weihnachtsfest auf der Hallig gewesen, das musste sie erst mal verkraften. Der Drink beruhigte sie etwas.

Als sie ausgetrunken hatte, legte sie sich in ihr Bett

und schlief auf der Stelle ein. Sie ahnte nicht, dass die Ereignisse dieses Abends ihr Heiligabend komplett auf den Kopf stellen würden.

6.

Nach einer unruhigen Nacht mit wilden Träumen wachte Carola morgens auf. Sie erinnerte sich vage daran, dass sie fliegen konnte, abstürzte und wieder hochstieg, was ein harter Kampf gewesen war.

Verschlafen blickte sie aus dem Fenster. Der Sturm war abgeflaut, Sonnenschein, Wolken und Schauer wechselten sich in schnellem Tempo ab. Sie fühlte sich wie verkatert, was waren das für heftige Sprünge gewesen!

Nach einer Weile stand sie auf und ging in die Küche, um sich einen Kaffee zu machen. Ihre Schwimmweste lag immer noch vor dem Geschirrregal, sie packte sie in eine Abseite. Dann holte sie die Blechdose mit Kaffeebohnen aus der Klappe des Küchenbuffets und mahlte die Bohnen mit der Handmühle. Unter einem Geschirrhandtuch entdekcte sie ihr Handy, das aufgeregt blinkte. Putzfrau Birgit hatte ihr knapp auf die Mailbox gesprochen, dass sie nicht wiederkomme zum Putzen, weil sie in ein paar Tagen mit ihren Kindern aufs Festland ziehen werde.

Carola konnte das nicht glauben. Wieso sollte Birgit freiwillig ihre Heimatinsel verlassen? Und das kurz vor Weihnachten? Da stimmte etwas nicht. Sie rief sie sofort an, aber es ging wieder nur die Mailbox ran.

«Moin, Birgit, was ist passiert? Was immer es ist, ich bin für dich da», sprach sie aufs Band und legte auf.

Sie schaute in den düsteren Himmel und beschloss, direkt nach dem Rechten zu sehen. Vorsichtshalber zog sie Regenkleidung an, dann schwang sie sich auf ihr Rad. Gott sei Dank hatte sie Rückenwind und musste kaum treten, um voranzukommen.

Birgit wohnte mit ihren Kindern im Erdgeschoss eines unscheinbaren zweistöckigen Mehrfamilienhauses am Rand der Inselhauptstadt. Kurz bevor Carola dort eintraf, kam doch ein heftiger Regenschauer herunter, aber sie war ja gegen Nässe gewappnet. Im Gegensatz zu Birgits Kindern Svenja und Tim, die vor der Tür spielten und viel zu dünn angezogen waren. Die beiden waren oft mit in den Friesendom gekommen, wenn ihre Mutter dort putzte, Carola kannte sie gut.

«Moin, ihr zwei! Was macht ihr denn bei diesem Schietwetter hier draußen?», rief Carola.

«Mama braucht Ruhe», antwortete Svenja, der die Regentropfen kreuz und quer übers Gesicht flogen.

«Sie hat Fieber», fügte Tim hinzu.

Das klang nicht gut. «Ich möchte sie gerne kurz besuchen», sagte Carola.

Zusammen gingen sie ins Haus, Tim schloss die Wohnungstür auf. Schon im Flur roch es nach Kräutertee und Hustensaft.

«Birgit?», rief Carola.

«Ja», kam es schwach aus dem Wohnzimmer.

Birgit lag auf der Couch unter einer dicken Wolldecke. Ihre kurzen blonden Haare waren verstrubbelt.

«Du?», grüßte sie und bekam einen heftigen Hustenanfall.

«Moin, wie geht es dir?»

«Hörst du ja.» Birgit richtete sich auf.

«Bleib ja liegen!»

«Ich wollte dich längst vorher anrufen …», stammelte Birgit.

«Vollkommen unwichtig, erst einmal musst du gesund werden. Was ist bloß passiert, dass du aufs Festland gehst?»

«Ich möchte dich nicht damit belasten.»

Carola nahm ihre Hand. «Unsinn, dafür bin ich da.»

«Ich bin nicht mal Mitglied der Kirche.»

Carola zuckte mit den Achseln. «Na, und?»

Birgit reichte ihr ein Papier, das auf dem Couchtisch lag. «Wir müssen nächste Woche hier ausziehen.»

«Sagt wer?»

«Der Vermieter.»

«Stammt er von der Insel?»

Birgit nickte. «Jan Rickleffs.»

«Rick?»

«Er will aus unseren Räumen eine Ferienwohnung machen.»

«Und was wird dann aus euch?»

«Wir kommen in eine Notunterkunft aufs Festland.»

«Spinnt der?», rief Carola.

«Was soll ich gegen ihn tun? Ich habe kein Geld.»

Carola wusste, dass Birgit viele Putzstellen hatte. «Aber du arbeitest doch hier, und das nicht zu knapp.»

«Ich war so dumm, eine Bürgschaft für meinen Exmann zu unterschreiben», murmelte sie. «Angeblich, damit er Arbeit bekommt und wieder regelmäßig Unterhalt zahlen kann. Das ist komplett nach hinten losgegangen. Stattdessen habe ich jetzt einen Strafbefehl gekriegt, dass ich 2000 Euro zahlen soll. Sonst muss ich in den Knast.»

Schlimmer ging es kaum.

«Hast du einen Anwalt?», fragte Carola.

«Wovon sollte ich den bezahlen? Ich kann seit vier Monaten meine Miete an Rickleffs nicht überweisen, und jetzt bin ich auch noch krank. Mir wächst alles über den Kopf.» Sie presste die Faust gegen die Stirn und begann zu schluchzen.

Carola nahm sie in den Arm. «Ich kümmere mich darum.»

Birgit schüttelte den Kopf. «Das ist nett gemeint, aber zu spät. Wir ziehen nächste Woche aus. Die Kinder kommen in Neumünster auf eine neue Schule.»

«Nix da!» Carola zückte ihr Portemonnaie, in dem sich etwa hundert Euro befanden, und legte die Scheine auf den Couchtisch. «Fürs Erste», sagte sie.

«Das will ich nicht.»

«Die Kirche zahlt dir ein zusätzliches Krankengeld, darauf hast du einen gesetzlichen Anspruch.»

Was nicht stimmte, aber egal.

«Danke», flüsterte Birgit.

«Und wegen der Wohnung rede ich mit Rick.»

Wie konnte der so herzlos sein? So etwas tat man nicht auf der Insel, man hielt zusammen. Alle hier waren aufeinander angewiesen, begriff er das nicht?

«Es wird nichts bringen.»

«Da kennst du aber meinen Chef da oben schlecht, der kann Berge versetzen!»

Birgit sah immer noch nicht überzeugt aus.

«Ihr werdet das Weihnachtsfest auf der Insel verbringen,» versprach Carola. «Dafür sorge ich.»

«Heiligabend wohnen wir längst auf dem Festland.»

«Tut ihr *nicht!*»

«Jedenfalls sind wir dann nicht mehr hier in dieser Wohnung. Und wo sollen wir Heiligabend feiern, wenn wir kein Dach über dem Kopf haben?»

«Ich überleg mir was.»

Sie war entschlossen, Birgit und ihren Kindern ein schönes Fest zu bereiten. So schön wie bei Annerose auf der Hallig. Sie bräuchte nur einen Raum, alles andere regelte sich von selbst. Spontan fiel ihr ein, wen sie außer Birgit und den Kindern noch dazu laden könnte. Auf die Schnelle kam sie auf ein gutes Dutzend Leute, eine witzige, bunte Mischung.

Und fast nebenbei würde ein gemeinsames Festessen auch sie retten: Dann wäre sie nämlich auch an Heiligabend nicht mehr allein.

Aber erst einmal würde sie sich Rick vorknöpfen. Wie es ihm wohl ging? Hoffentlich nicht gut, er hatte Strafe verdient. Andererseits sollte er fit genug sein, damit sie ihn richtig zur Schnecke machen konnte.

7.

Torin zog die Jacke zu und machte sich auf den Weg zur Wasserkante. Der Sturm war weitergezogen, aber der Wind wehte immer noch kalt. Ihn störte das nicht. Zwischen den riesigen Wolkengebirgen kam immer wieder die Sonne raus und setzte die Hallig in ein traumhaftes Licht, das im Winter besonders schön war. Weit und breit war er der höchste Punkt in der flachen Landschaft – und unter dem riesigen Himmel doch winzig klein. Hier war er groß geworden und hatte nichts vermisst. Egal, wo er sich aufhielt, das Gefühl der Weite steckte in ihm.

Der kalte Wind spielte mit seinen Haaren, er mochte seine Kapuze nicht aufsetzen und legte einen Schritt zu. Seit gestern hatte er besonders gute Laune. Er hatte das schönste Weihnachtsfest seines Lebens gefeiert. Woran das lag, konnte er nicht genau sagen. Aber es hatte einfach alles gepasst. Das fing an mit Carola, die das Fest wunderbar unkompliziert gestaltet hatte. Die Art, wie sie sprach, hatte ihm schon im Gottesdienst gefallen, zu Hause bei ihm auf der Hansen-Warft war es nicht anders. Mit ihren vom Sturm verwuschelten Haaren hatte sie direkt liebenswürdig und nahbar gewirkt.

Er freute sich vor allem für Moma. Sie hatte das Fest

sehr genossen, zumal es ja auch ihr Geburtstag gewesen war. Leider wohl ihr letzter. Aber wie hatte es Carola gesagt? Das wusste nur Gott allein.

Er schaute hinüber zur Nachbarinsel. Die Sonne schien auf die Häuser der Promenade, so etwas hatten sie auf der Hallig nicht. Der Sturm hatte eine Menge Treibgut an die Wasserkante gespült, Schilfhalme, Holzteile und Seegras. Es kam ihm vor, als hätte die Hallig eine Kruste bekommen.

Heute Morgen hatte er ein neues Stück von Bach geübt, das ihm gut von den Fingern ging. Es hatte Freude gemacht, obwohl er an den schwierigen Stellen ein bisschen geschummelt hatte, die musste er noch sorgfältiger üben. Die Musik hörte er immer noch in sich, wenn er auf die Wasserfläche blickte, die sich bis zum Horizont hinzog. Diesen Blick ins Unendliche hatte er in Hamburg vermisst.

Unter dem Treibgut fand er eine kleine Stoffpuppe und fragte sich, wer die wohl jetzt vermisste. Für Kinder konnte solch ein Verlust eine Katastrophe darstellen. Aber er konnte nichts tun.

An der Wasserkante gab es keine rechten Winkel und keine Geraden, das hatte die Natur nicht vorgesehen. Deswegen fiel Torin sofort ein eckiger Kasten auf, der dort einsam und verloren lag.

8.

Von Birgits Mietshaus bis zu Ricks Haus war es nicht weit, aber sie musste sich auf dem Rad gegen einen starken Westwind stemmen. Als sie das großzügig angelegte Villenviertel erreichte, seufzte sie auf. Zwei Dutzend große, weiße Reetdachhäuser mit hohen Dächern standen mit beträchtlichem Abstand neben- und hintereinander. Es war eine der wenigen Stellen auf der Insel, von denen aus man direkt aufs Meer blicken konnte, ohne dass ein Deich die Sicht versperrte. Etwas entfernt blinkte der Leuchtturm von der malerischen Nachbarinsel herüber. Das Meer erstreckte sich bis zum Horizont, das Wasser kräuselte sich im leichten Wind, am Himmel zogen Wolkenberge vorbei, die alle dasselbe unsichtbare Ziel zu haben schienen.

Carola lehnte ihr Rad an den Zaun neben der Garage. Ricks Villa war 1-a-Lage, dafür hatte er mit Sicherheit einige Millionen gezahlt. Vermutlich war allein seine Designer-Türklinke teurer als alle Mieten, die Birgit ihm schuldete.

Seine Herzlosigkeit ärgerte Carola umso mehr. Außerdem standen im Winter unzählige Ferienwohnungen auf der Insel leer, da musste man eine alleinerziehende Mutter mit zwei Kindern nicht vor die Tür setzen. Und erst recht nicht kurz vor Weihnachten!

Sein Haus sah dunkel aus, sie klingelte trotzdem Sturm. Niemand öffnete. Daraufhin wählte sie die Mobilnummer, die auf einem glänzenden Messingschild neben dem Eingang stand. Dort meldete sich nur die Mailbox. «Moin, Rick, hier ist Carola vom Friesendom», sprach sie. «Ruf mich bitte so bald wie möglich zurück.»

Aufgeschoben war nicht aufgehoben!

Als sie vom Villenviertel zurück auf die Landesstraße fuhr, kam ihr Polizistin Ellen in ihrem Dienstwagen entgegen. Carola winkte ihr zu. Sie und Ellen trafen sich einmal in der Woche im Lesekreis der kleinen Inselbuchhandlung und waren mittlerweile gute Freundinnen. Ellen hielt an, ließ die Seitenscheibe herunter und blies sich eine Strähne ihrer strohblonden Haare aus der Stirn.

«Moin», grüßte sie.

«Moin, Ellen, hast du zufällig was von Rick gehört? Er ist gestern mit seinem Rennboot verunglückt.»

«Der liegt im Inselkrankenhaus.»

Anscheinend hatten ihn die Seenotretter überreden können, sich doch untersuchen zu lassen.

«Ist er schwer verletzt?»

«Nee, er ist da nur zur Beobachtung. Vor allem vermisst er einen Koffer mit dreitausend Euro.»

Carola grinste. «Der Arme, müssen wir jetzt für ihn spenden?»

«Bestimmt!» Ellen lachte.

«Wie war das denn gestern mit seinem Koffer? Du warst doch dabei.»

«Rick saß auf seiner Rettungsinsel und hat gejammert,

dass er ihn verloren hat», berichtete Carola. «Als ob er keine anderen Sorgen hatte!»

«Du hast das Teil nicht gesehen?»

Carola schüttelte den Kopf. «Bei *dem* Seegang? Im Dunkeln?»

«Rick behauptet, einer der Rettungsleute hätte das Geld eingesackt – oder du!»

«Sonst noch was?»

«Schon klar. – Ich muss dann wieder.» Ellen zwinkerte ihr zu.

«Tschüssing.»

«Tschüs.»

Die Polizistin gab Gas und zischte davon, Carola schaute ihr nachdenklich hinterher. Sie holte tief Luft. Jetzt stand ein dringender Krankenbesuch an!

Sie versuchte ihre Wut zu zähmen: Rick war ein herzloses Monster, aber auch ein Kind Gottes, das sollte sie nicht vergessen. Lieber hätte sie sich jetzt ans Alte Testament gehalten: Auge um Auge, Zahn um Zahn.

Auf dem Weg zum Inselkrankenhaus kam ihr am Südstrand der Weihnachtsmann persönlich entgegen. Er hatte eine bullige Statur, trug einen weißen Bart und eine rote Mütze. Seinen Sack mit Geschenken hatte er über die rechte Schulter geworfen. Es war Kai, der in einer Pension draußen in der Marsch als «Mädchen für alles» arbeitete.

Carola bremste und stieg vom Rad. Kai lebte schon länger alleine und würde sich sicher auch über eine Einladung zu ihrem Heiligabendessen freuen. Außerdem, nicht unwichtig, kochte er hervorragend.

«Moin», grüßte sie.

«Moin, Carola», brummte Kai unter dem angeklebten Bart.

«Alles klar bei dir?»

«So weit ja.» Er reichte ihr einen Bonbon.

«Danke.»

Sie wickelte ihn aus und steckte ihn in den Mund, er war genauso süß und fruchtig, wie er sein sollte. «Sag mal, hast du Heiligabend schon was vor?»

«Ja, Filme gucken und dabei zu viel Wein trinken.»

Carola lächelte. «Ich will ein Festessen veranstalten, du bist herzlich eingeladen.»

«Nur wir zwei?»

«Nee, da kommen noch mehr, die Heiligabend sonst alleine wären.»

Wobei sie noch nicht wusste, wer.

«Ball der einsamen Herzen, oder was?»

«Nee, das wird eine richtig gute Party!»

Kai verzog das Gesicht. «Mann, Carola, ich bin zwar Single, aber kein Sozialfall.»

Sie zuckte zusammen. «Das habe ich auch nicht gedacht. Es soll einfach nur Spaß machen.»

«Ich brauche so was nicht, aber danke fürs Angebot.»

Carola war wie vor den Kopf gestoßen. Kai ließ doch sonst keine Party aus, was war so schlimm an ihrer Einladung? Stattdessen setzte er sich lieber vor die Glotze und betrank sich?

Na ja, sie würde schon genügend Leute zusammenkriegen, um ein geselliges Fest daraus zu machen. So langsam musste sie nur in die Gänge kommen, es war schon der 11. Dezember.

Das zweistöckige Inselkrankenhaus hinter den Dünen war fast leer, weil sich zurzeit nur wenig Feriengäste auf Föhr aufhielten. Carola war öfter hier, um kranke Gemeindemitglieder oder Touristen zu betreuen. Sie konnte die kleine Klinik wärmstens empfehlen: Das Personal hatte genügend Zeit für jeden Patienten. So wie hier sollte es in allen Krankenhäusern sein, aber dieser Traum wurde wohl nur auf der Insel wahr.

Sie betrat den langen Flur und ging zum Schwesternzimmer. Niemand war zu sehen. Sie musste einen Moment warten, dann kam eine Krankenschwester um die Ecke. Es war Ludmilla, die Leiterin der Blockflötengruppe, sie arbeitete hier auf der Station.

«Moin, Carola, kann ich dir helfen?»

«Moin, Ludmilla, ich wollte Rick besuchen.»

«Der liegt in der 13.»

«Danke.»

Carola ging ein paar Schritte den Gang hinunter, klopfte an die Tür und trat ein. Rick saß in einem hässlichen Patientenhemd auf seinem Bett und blickte sie unglücklich an.

«Moin», grummelte er.

«Moin. Wie geht es dir?», fragte sie.

«Hast du meinen Koffer gefunden?», sagte er statt einer Antwort.

«Nein.»

Sein Geld war das Einzige, woran er dachte? Nachdem er gerade mit dem Leben davongekommen war?

«Was hast du überhaupt auf der Hallig gemacht?» Sie ließ sich auf dem Besucherstuhl nieder.

«Ein Haus für mich gesichert. In den Weihnachtsferien geht bei Auswärtigen immer einiges über den Ladentisch.»

Das war locker dahergesagt, handelte es sich doch um Immobilien, die Millionen wert waren.

«Und was ist mit Birgit Marquart?»

Er sah sie abweisend an. «Schlechtes Thema.»

«Mann, Rick, du weißt, dass du die Miete auf jeden Fall von ihr bekommst. Nur etwas später.»

«Von irgendwas muss ich auch leben!»

Heuchler!

«Du kannst sie doch nicht kurz vor Weihnachten mit den Kindern auf die Straße setzen», sagte sie.

«Das tue ich gar nicht, sie hat was auf dem Festland bekommen.»

«Ja, eine Notunterkunft! Hör mal, Birgit ist auf der Insel geboren, ihre Kinder gehen hier zur Schule. Gib dir einen Ruck und sei ein Mensch!»

«Ich habe lange genug auf mein Geld gewartet», greinte Rick.

«Dann gib ihr was anderes auf Föhr.»

Rick verschränkte die Arme vor der Brust. «Nee.»

Carola spürte eine Wut in sich aufsteigen, die rasend schnell größer wurde. Wenn es schlecht lief, kam sie da nicht mehr gegen an.

Bitte, Herr, lass mich Rick nichts antun, was ich hinterher bereuen müsste, betete sie.

«*Was könnte das sein?*», kam es von oben zurück.

«Ich möchte ihn nicht einfach nur töten.»

«Was denn noch?»

«Vorher würde ich ihn gerne ein bisschen quälen.»

Carola holte tief Luft. «Rick, ich bitte dich.»

«Nein.»

Zwischendurch hatte sie sogar schon mal gedacht, dass Rick gar nicht so unsympathisch war. Das musste sie jetzt zurücknehmen: Wo andere ein Herz hatten, war bei ihm ein Stein.

«Darf ich das so an die Presse weitergeben?», sagte sie. «*Horror-Advent: Herzloser Hausbesitzer macht Kinder auf der Insel obdachlos! Und das kurz vor Weihnachten!* Meinst du, das wird deinen Kunden gefallen?»

«Steht in der Bibel irgendwo, dass du Menschen erpressen darfst?», fragte er angesäuert zurück.

«Aber ja, im zweiten Buch Moses.» Was natürlich Quatsch war.

«Von wegen.»

«Es ist immer dasselbe. Im Alten Testament kennt sich heutzutage kaum noch jemand aus.»

Sie stand auf, murmelte einen Gruß und ging hinaus. Im Flur hätte sie vor Wut schreien können. Aber das sollte man in einem Krankenhaus nicht tun.

Zu Hause musste sie sich irgendwie abreagieren, sonst platzte sie. Sie stellte «Bad» von Michael Jackson an, so laut es ging, und tanzte durch ihre kleine Dreizimmerwohnung: «Your butt is mine, Gonna tell you right …»

Im Schlafzimmer hüpfte sie auf dem Bett, tanzte über den Flur bis ins Arbeitszimmer mit dem wuchtigen, übervollen Schreibtisch, den sie ebenfalls von Onkel Alfons geerbt hatte, sprang über die Sitzlandschaft im Wohnzimmer und landete schließlich da, wo sie sich, abgesehen von ihrem Bett, am häufigsten aufhielt: in der Küche.

Danach fühlte sie sich immer noch nicht besser.

Also suchte sie ihre Sportklamotten aus der hintersten Ecke des Kleiderschranks, die dort ewig unbenutzt gelegen hatten. Das tägliche Radfahren genügte ihr an Bewegung. Entsetzt musste sie feststellen, dass ihre Gymnastik-Leggings an einem Knie ein riesiges Loch hatte. Hatte sie Motten im Schrank, oder war die vorher schon ramponiert gewesen? Egal, sie hatte nichts anderes, und es sah sie ja niemand. Dazu kam ein neonfarbenes Sweatshirt im Achtziger-Jahre-Look. Auch das würde sie heute wahrscheinlich zum letzten Mal tragen. Immerhin, die Sneakers waren neu.

Carola riss die Haustür auf und joggte im langsamen Tempo zum Friesendom. Diesem bescheuerten Rick würde sie es zeigen, da war noch lange nicht das letzte Wort gesprochen! Das Blöde war nur: Schnösel wie er reagierten nur auf Geld oder Gewalt. Beides hatte sie nicht in petto.

Vom lockeren Traben fühlte sie sich nicht ausgelastet. Sie schaute zum Kirchturm hoch, die Treppen waren jetzt genau das Richtige! Sie spurtete zum Portal, schloss auf und nahm die Turmstufen im Laufschritt. Nach kurzer Zeit rann ihr der Schweiß in Strömen runter. Als sie bei den Glocken angelangt war, blieb sie kurz stehen, um nach Luft zu schnappen.

Sie schaute zur nächsten Etage hoch. Ob Nis Puk schon von seinem Essen genascht hatte? Wohl kaum. Sie kletterte die Sprossen hoch, so schnell sie konnte, und sah sich neugierig im obersten Turmstockwerk um.

Es war ein Schock: Ein paar Oliven und Zucchini auf dem Teller fehlten, von dem Rhabarbersaft hatte eindeutig jemand getrunken! Wie war das zu erklären? Gut, das Gemüse konnte eine Maus vernascht haben. Die hätte aber auf keinen Fall aus einem Glas trinken können. Also doch Nis?

Man kann auf dieser Welt wirklich nicht alles erklären, sagte sie sich, sonst gäbe es ja keine Wunder. Sie ließ alles einfach so stehen und kletterte wieder hinunter.

Als sie die schwere Kirchentür aufriss, rannte sie direkt in einen dunkelhaarigen Mann in Seemannsjacke, der nach einem extrem angenehmen Parfüm roch. Sie staunte: Es war ihr Organist von der Hallig! Vor dem Bauch hielt er einen großen, lederbezogenen Diplomatenkoffer.

«Oh, Moin, Carola», grüßte er lächelnd.

Sie war perplex. «Äh, Moin, Torin. Was machst *du* hier?»

«Ich war gerade zufällig auf der Insel. Da dachte ich, wenn ich schon mal hier bin, kann ich mir mal den Friesendom ansehen.»

«Warst du etwa noch nie hier?»

Er überlegte. «Ist lange her, da war ich ein kleines Kind.»

«Ihr seid nie auf die Insel gefahren? Ich meine, sie liegt in Sichtweite …»

Torin zuckte mit den Schultern. «Wenn wir mal von der Hallig runter sind, ging es immer in den Süden, nach Hamburg und weiter.»

«Na, dann herzlich willkommen!»

Sie hielt ihm die Tür auf und trat einen Schritt beiseite.

9.

Eine Sekunde später fiel ihr ein, in welchem Aufzug sie ihm gegenüberstand: enge, schwarze Leggings mit Loch am Knie und ein verwaschenes, neonfarbenes Vintage-Sweatshirt. Pech. Carola öffnete die Tür mit den Eisenbeschlägen, und sie traten in das Innere der Kirche. Obwohl sie lieber zu sich ins Pastorat gehuscht wäre, um sich umzuziehen.

Torin schaute sich um, den Koffer immer noch in der Hand. «Wunderschön.»

«Als Organist hast du bestimmt viele Kirchen gesehen.»

Er nickte. «Ich bin eine Zeitlang über Land gereist und habe Konzerte gegeben. Dabei habe ich mitten in der Pampa echte Juwelen von Instrumenten entdeckt.»

Anscheinend war er ein richtiger Orgel-Nerd. «Wo bist du da so hingekommen?», fragte sie.

«Mecklenburg, Schwäbische Alb, Polen, Ukraine, ach ja, und einmal nach Italien.»

Sie lächelte. «Die Katholiken haben einen Evangelen an die Orgel gelassen?»

Er winkte ab. «Das hat nie eine Rolle gespielt. Meistens war ich allerdings nicht so trinkfest wie die Priester.»

Sie hielt ihren Schlüsselbund hoch. «Du willst bestimmt mal unsere Orgel antesten, oder?»

Er strahlte. «Wenn ich darf?»

Sie zeigte ihm den passenden Schlüssel. «Ich setze mich unten hin und höre zu.»

«Okay.»

Torin ging hoch zur Orgel, sie ließ sich auf einer Kirchenbank nieder und schloss die Augen. Sie hörte, wie er den Blasebalg anstellte, dann begann er zu spielen.

Es war erstaunlich, Torin konnte dem Instrument Klänge entlocken, wie sie sie noch nie vernommen hatte. Zu Anfang tanzten zwei zarte Holzflöten umeinander, die überhaupt nicht nach einer mächtigen Orgel klangen. Torin nahm Carola mit auf Reisen in ein sommerliches Schilfmeer, deren Halme sich in einer sanften Brise wiegten. Darüber legte sich eine mystische, weibliche Gesangsstimme, die aus einer anderen Welt zu kommen schien. Dann führte er sie in eine aufregende Stadt am Meer. Seine Melodien waren fröhlich und melancholisch zugleich und schienen sogar den Holzfiguren über dem Altar Leben einzuhauchen. Die Orgel klang überhaupt nicht behäbig, wie sonst so oft.

Irgendwann spielte er einen leisen Schlussakkord, viel zu früh, wie sie fand. Wie in Trance erhob sie sich und stieg zu ihm auf die Empore.

«Das war wunderschön», sagte sie.

«Danke.»

«Voller Energie und doch leise. Vom wem stammt das?»

Er wirkte plötzlich verlegen. «Von mir.»

«Wow.»

«Ich möchte in zwei Monaten meine Orgelprüfung für

den kirchlichen Dienst ablegen. Da will ich es vorspielen, neben ein paar Stücken von Bach und Pachelbel.»

Carola lächelte. «Und nach der Prüfung fängst du am besten bei uns im Friesendom an.»

«Ist denn bei euch was frei?»

«Zurzeit nicht, aber wer weiß?» Sie zwinkerte ihm zu. Ihr Organist Roland hatte angedeutet, dass er die Insel mittelfristig verlassen wollte, was auch immer das hieß.

Torin schaute sie unverwandt an. «Übrigens: Für Moma war es das schönste Weihnachtsfest ihres Lebens. Sie redet von nichts anderem mehr.»

«Schön.»

Er suchte erneut ihren Blick. «Würdest du sie auch beerdigen, wenn sie gehen muss?»

«Versprochen.» Nach einer kurzen Pause fragte sie: «Kaffee oder Tee?»

«Gerne Kaffee.»

Sie gingen über den Friedhof zu ihrem Häuschen. Carola lotste Torin in die Küche und räumte hastig eine Jeans und zwei T-Shirts weg, die über der Stuhllehne hingen. Sie hatte die Angewohnheit, ihre Klamotten im ganzen Haus zu verteilen. Und auf Besuch war sie heute nicht eingestellt.

«Entschuldigst du mich kurz?» Schnell verschwand sie im Schlafzimmer, kramte ihren Jeansrock aus dem Schrank und zog ihn über die Leggings, sodass das Loch gerade bedeckt war. Sie warf einen kurzen Blick in den Spiegel: Passte gar nicht schlecht zu dem neonfarbenen Sweatshirt!

«Hier wohnst du? – Sieht toll aus!», sagte er, als sie in die Küche zurückkam. Entweder war er sehr höflich, oder das

Chaos störte ihn wirklich nicht. Besonders bewunderte er das alte Küchenbuffet. «So eins hatte Moma früher auch, da war ich noch ein kleiner Junge.»

«Hier und da ist es etwas abgeschrabbelt, ich möchte es trotzdem nicht hergeben.»

«Kann ich gut verstehen.» Er schaute sich neugierig um.

«Meine offizielle Dienstwohnung habe ich einer Familie mit vier Kindern überlassen», sagte sie. «Für mich alleine brauche ich keine fünf Räume. Wie trinkst du deinen Kaffee?»

«Schwarz bitte, ohne alles.»

«Ist in Arbeit.» Sie stellte sich an die Kaffeemühle und verwandelte eine Handvoll Bohnen mit kräftigem Kurbeln in gutriechendes Pulver. Dann setzte sie Wasser in einem Kessel auf.

Torin nahm den Koffer vom Tisch und stellte ihn neben sich auf den Boden.

«Edles Teil», sagte sie.

«Gehört nicht mir.»

Sie lächelte. «Passt auch nicht zu dir.»

Sie stellte zwei Kaffeebecher auf den Tisch und goss ihnen ein.

«Der ist von diesem Typen, der gestern mit seinem Rennboot verunglückt ist.»

Sie sah ihn überrascht an. «Rick?»

Er nickte. «Muss so sein. Der Name steht neben dem Schloss: Jan Rickleffs. Kennst du ihn?»

«Kann man so sagen.»

«Der Koffer ist bei uns auf der Hallig angespült worden. Ich wollte ihn zurückbringen, aber dieser Rickleffs war nicht zu Hause.»

«Rick hat fünfhundert Euro Belohnung ausgesetzt, wusstest du das?»

Torin winkte ab. «Ich will nichts dafür, so was ist Ehrensache.»

«Immerhin hast du Spritkosten für die Überfahrt gehabt, wenigstens das kann er zahlen.»

«Streng nach Gesetz wären fünfhundert sogar zu wenig», meinte er.

«Wieso?»

«Hat man nicht Anspruch auf zehn Prozent Finderlohn?»

«Kann sein.»

«Zehn Prozent von 9800 sind einiges mehr.»

Sie riss die Augen auf. «Im Koffer sind fast zehntausend Euro?»

«Ja.»

«Du hast reingeschaut und nachgezählt?»

«Hmm.» Torin sah jetzt aus wie ein kleiner Junge, den man beim Bonbonklauen erwischt hatte.

«Rick hat bei der Polizei aber nur dreitausend angegeben.»

«Echt?»

«Zeig mal!»

Torin öffnete den Koffer, in dem ein paar durchgeweichte Vertragspapiere und ein Haufen Geldscheine lagen. Sie zählten zusammen noch einmal nach, Fünfziger, Hunderter, Zweihunderter.

«Weißt du zufällig, hinter welcher Immobilie auf der Hallig er her war?», fragte Carola.

«Ein großes Reetdachhaus auf der Nachbarwarft. Er will es an reiche Festländer weiterverkaufen.»

«Und einen Teil der Provision kassiert er bar ohne

Quittung. Deswegen sage ich dir: Das Geld im Koffer gehört nicht Rick!»

«Wem dann?»

«Es sind seine Schulden bei uns Bürgern, also bei dir und mir.»

Torin lächelte. «Du meinst, wir hätten das Recht, die Scheine einzuziehen?»

Carola überlegte einen Moment. «Ich kenne Menschen auf der Insel, die es dringend brauchen könnten.»

«Sympathische Idee. Trotzdem wäre es nicht legal.»

«Stimmt. Aber es wäre gerecht. Und glaub mir, Rick würde es verkraften. Der hat so viel Schotter, der weiß gar nicht, wohin damit. Ich kenne ihn.»

«Ja, gerecht wäre es sicher. Kann ich den Koffer erst mal hier bei dir im Pastorat lassen?», fragte er.

«Klar.»

«Ich muss eine Nacht darüber schlafen.»

«Ohne deine Zustimmung unternehme ich nichts.»

«Okay.»

«Aber eines weiß ich sicher: Rick den Koffer zurückzugeben, würde ich nur schwer übers Herz bringen.»

«Das verstehe ich sehr gut.» Er stand auf. «Ich melde mich.»

Zum Abschied gab er ihr förmlich die Hand und ging hinaus.

Carola schaute ihm nachdenklich hinterher. Irgendetwas war gerade passiert, was sie noch nicht richtig orten konnte. Auf jeden Fall war Torin heute viel lockerer gewesen als auf der Hallig.

Was sollten sie jetzt tun? Klar war: An Ideen, was man mit dem Geld machen konnte, mangelte es ihr nicht.

10.

Im Advent wurden in der Altstadt Girlanden aus Tannenzweigen quer über die Gassen zwischen den Fischerhäuschen gespannt. In den Zweigen funkelten kleine Glühbirnen in Form von Sternen, Ankern und Kränzen. Auf die Passanten schien ein ganz besonderes Licht herab, das ihre Gesichter verklärte. Dazu schaukelte der Wind den Straßenschmuck hin und her.

Carola schob ihr Fahrrad an Ständen vorbei, an denen es verführerisch nach Mandeln und Makronen roch, an anderen wurden Wollschals, Windlichter und Handschuhe verkauft, es gab Ponyreiten und Karussell. Sie hatte sich in Richtung von Gretas kleiner Inselbuchhandlung aufgemacht, um für Birgits Kinder ein paar Geschenke zu besorgen.

Sie ging die Hauptpromenade entlang, in den Schaufenstern der Läden und Cafés strahlte ihr die Weihnachtsdekoration entgegen: Lametta auf Lebkuchenhäusern, Santa-Claus-Figuren auf Schlitten, die von Rentieren gezogen wurden, Krippenfiguren aus Holz.

Links von ihr lagen die Warften der Hallig, auf der Torin lebte. Die Häuser wurden gerade von der Wintersonne beschienen, einige Fensterscheiben blitzten auf wie riesige Spiegel. Was er wohl gerade machte? Ob er an der Orgel saß? Oder von der anderen Seite herüberschaute?

Auf der Promenade kam ihr der alte Hinnerk mit seinem Rollator entgegen. Er trug wie immer seine traditionelle Schiffermütze.

«Moin, Hinnerk, gut, dass ich dich treffe.»

«Moin, Carola. Was gibt's?»

Sie nahm ihn beiseite. «Ich wollte dich Heiligabend zu einem Festessen einladen.»

Hinnerk war baff. «Mich?»

«Ja, ich will mit ein paar netten Leuten zusammen feiern, da habe ich gleich an dich gedacht.»

«Das ist sehr freundlich, mien Deern. Aber ich will dieses Jahr lieber alleine bleiben. Es wird das erste Weihnachten ohne meine Meike.»

Seine Frau war vor neun Monaten gestorben.

«Ich weiß. Aber ist es da nicht schöner, wenn du unter Menschen bist?»

«Nee, lass man. Ich hole Traute von nebenan zu mir, die ist sonst ganz alleine. Du weißt ja, sie ist schon ziemlich tüdelig.»

«Bring sie doch mit!»

«Ich glaube, das ist keine gute Idee …»

«In Ordnung, Hinnerk. War ja auch nur ein Vorschlag. Wenn du es dir noch anders überlegst, freue ich mich.»

Sie winkte ihm zu und ging weiter.

Vor Sylkes Pralinenladen wurden Glühwein und Manhattan an Stehtischen ausgeschenkt. Der Cocktail war das Nationalgetränk der Insel, eine Mischung aus Bourbon-Whiskey und Wermut, dazu kamen etwas Angosturabitter und obendrauf eine Cocktailkirsche. Auswanderer hatten ihn in den sechziger Jahren von New York mitgebracht. Jeder Insulaner hatte eine Flasche davon zu Hause stehen. An den Tischen standen einige ihrer Gemeindemitglieder, die sie zu sich winkten. «Moin, Carola!» Ihren roten Nasen nach zu urteilen, waren sie schon länger hier. Vorsichtshalber grüßte sie nur von ferne und eilte schnell weiter. Sonst würde sie nie in der Inselbuchhandlung ankommen.

Ihr Handy klingelte.

«Moin, Carola, schlechte Nachrichten!»

Es war Klaas Broder von der Tafel.

«Was ist passiert?»

«Unsere Kühltruhen haben einen Totalschaden.»

«Wie? Beide auf einmal?»

«Jo.»

«Und da ist gar nichts zu machen?» Sie wusste, dass Klaas als Fischer an Bord alles selber reparierte, von der Maschine bis zur Elektrik.

«Ich bin natürlich gleich beigegangen», sagte er. «Aber das kannst du vergessen, alles durchgeschmort.»

«So viel Pech kann man doch gar nicht haben.»

«Die Enten aus Sylt müssen wir wieder absagen.» Seine Stimme klang betrübt.

«Nee, warte erst mal, ich finde eine Lösung.»

Als Carola auflegte, musste sie sich kurz auf die Unterlippe beißen. Das sagte sich so einfach: «Ich finde eine Lösung».

Sie machte kehrt und begab sich auf direktem Weg in die Altstadt zu «Elektro-Simoneit». Ladenchef Fiete verkaufte dort alles, was elektrisch war, Handys, Fernseher, Computer, «weiße Ware» wie Kühlschränke, Waschmaschinen usw. Zugegeben, bei Fiete war es ein bisschen teurer als in den Kaufhäusern auf dem Festland oder im

Internet. Als Insulaner war es trotzdem klug, bei ihm zu kaufen, denn er reparierte und installierte auch alles. Gab es ein Problem, war er sofort zur Stelle. Die Leute, die im Internet gekauft hatten, kamen bei ihm immer zuletzt dran, und da er auf der Insel ein Monopol besaß, konnte das dauern …

Carola betrat den Laden. Fiete kassierte gerade einen Kunden ab, der einen Kühlschrank gekauft hatte. Dann kam der schlanke, grau melierte Mittfünfziger, der nach Feierabend gerne einen oder zwei Manhattan an der Promenade nahm, zu ihr.

«Moin, Carola, wie geit di dat?»

«Gut, und selber?»

Er lächelte. «Weihnachtsstress wie jedes Jahr, alle wollen alles sofort. Aber davon lebe ich ja nun mal. – Was kann ich für dich tun?»

«Ich suche Gefriertruhen.»

«Welche Größe?»

«Die größte, die du hast.»

«Bist du sicher? Die sind für Familien ausgerichtet, die Massen einfrieren.»

«Zeig mir doch bitte die allergrößte.»

«Okay.»

Er führte sie zu einem monströsen Teil. «Mehr geht nicht.»

«Hast du davon auch zwei?»

Fiete war jetzt sichtlich irritiert. Auf der Insel passte man immer ein bisschen aufeinander auf. Die Pastorin der größten Inselkirche sollte nichts tun, was ihr schadete. Zum Beispiel in der Öffentlichkeit zu viel zu trinken – oder etwas komplett Sinnloses für viel Geld zu kaufen.

«Was kosten die zusammen?», erkundigte sich Carola.

Er nannte einen Preis mit einem Abschlag von 20 %, was fair war.

«Das ist mir zu viel.»

«An was hattest du denn gedacht?»

«Ich dachte, ich krieg sie umsonst.»

Fiete verzog keine Miene. «Umsonst ist nicht mal der Tod.»

Sie lächelte. «Natürlich gegen eine Spendenbescheinigung. Die sind nicht für mich, sondern für die Tafel. Denen sind beide Truhen durchgeschmort, und morgen erwarten sie eine große Lieferung mit Tiefkühlware.»

Fiete holte tief Luft. «Ich habe dieses Jahr schon eine Menge gespendet. Mehr als sonst sogar.»

Das stimmte, Carola wusste das – und trotzdem: «Bitte, Fiete, geht da nicht noch was?»

«Diesmal wirklich nicht, Carola, tut mir leid.»

«Schade.»

«Nächstes Jahr sieht es wieder anders aus», versprach er.

«Das ist leider zu spät. Aber danke schon mal im Voraus.»

«Mach's gut.»

«Du auch.»

Frustriert verließ sie den Laden. Das mit den Gefriertruhen hatte sie sich einfacher vorgestellt. Zugegeben, Fiete war sonst wirklich äußerst spendabel, aber irgendwo war auch bei ihm eine Grenze erreicht. Trotzdem wollte sie nicht, dass die Sylter Großspende mit den Tiefkühlenten abgesagt werden musste. In Ricks Koffer läge die Lösung aller Probleme …

11.

Als Carola den Wintergarten der kleinen Inselbuchhandlung betrat, beriet Greta gerade an der Kasse zwei Kunden gleichzeitig. Sie trug ein rotes Wollkleid mit weißem Rundkragen, als sei sie die Weihnachtsfrau, es stand ihr hervorragend. In der kleinen Inselbuchhandlung war es in den Wochen vor dem Fest immer voll. Bücher galten immer noch als das schönste Weihnachtsgeschenk.

Carola strich ihrer Freundin zur Begrüßung kurz über den Rücken, Greta blinzelte ihr zu und redete weiter mit ihren Kunden.

In der Kinderbuchabteilung stellte Carola sich eine kleine Auswahl zusammen und ging damit nach hinten ins Antiquariat, wo sich alte Bände in Regalen bis zur Decke stapelten. In einer Ecke standen mehrere Ledersessel um einen Bollerofen herum. Sie zog die Jacke aus, ließ sich in den erstbesten Sessel fallen und blätterte andächtig die Kinderbücher durch.

Die Holzscheite im Ofen knackten, durch ein kleines Sichtfenster konnte man in die Glut blicken. Es war ein guter Moment, um einmal innezuhalten. Sie musste für sich klarkriegen, was mit dem Geld aus Ricks Koffer Sinnvolles zu tun war. Birgit brauchte dringend Unterstützung, die Insel-Tafel ebenso, und es fielen ihr noch einige mehr ein. Das ganze Geld, das Rick eigentlich nicht zustand, an ihn zurückzugeben, wäre ihr gegen den Strich gegangen. Auch wenn es nicht gerade legal war. Und ohne Torins Zustimmung lief ohnehin nichts.

Mit einem Ohr hörte sie den Gesprächen vorne im Laden zu.

«Moin, Greta, hast du etwas, was auf Grönland spielt oder woanders im ewigen Eis?», fragte ein Kunde.

«Warst du mal da?», entgegnete die Buchhändlerin.

«Nee, wäre mir viel zu kalt dort. Aber ich lese im Winter vorm Kamin gerne Geschichten aus dem Eis. Die machen die Wärme immer besonders behaglich.»

«Ich habe Titel und Autor vergessen», sagte nun ein anderer, «aber es kommt ein Papagei drin vor, der einer Nebenfigur gehört, und seine Oma ist verrückt, du weißt doch bestimmt, welches Buch ich meine, Greta ...»

«Einen Liebesroman bitte, da kann es gerne heftig zur Sache gehen.»

«Ich suche einen romantischen Liebesroman, aber ohne Sex.»

Dann betrat Marie, die Frau von Klaas Broder, den Laden. «Hast du einen Krimi für meinen Mann, Greta? Sollte aber nicht zu hart sein, das erträgt er nicht.»

«Klar.»

«Und für mich bitte einen ultrabrutalen Thriller», fügte Marie hinzu.

«Ein ganzer Roman nur mit Landschaftsbeschreibungen, ohne dass Menschen vorkommen, gibt es so was?», fragte der Nächste.

«Was könnte meiner Schwägerin in der Schweiz gefallen? Ich habe aber keine Ahnung, was sie so liest.»

«In der Schweiz gehen Bücher gut, die auf unserer Insel spielen», wusste Greta. «Eine Welt ohne Berge ist für die total exotisch.»

Jetzt kam Fietes Frau Astrid hinzu und sagte schlicht: «Ich suche etwas für meinen Mann.»

«Da hab ich was», meinte Greta.

«Nehme ich.»

Für Außenstehende klang das vielleicht absurd. Aber Astrid konnte blind darauf vertrauen, dass Greta den Geschmack ihres Mannes treffen würde. Dabei war Greta ursprünglich gar keine gelernte Buchhändlerin, sondern Flugbegleiterin. Aber sie kannte unzählige Bücher und fand für jede und jeden etwas.

Carola blickte sich um. Hier hinten war niemand sonst zu sehen. Sie trat an ein Regal, das nur sie und ein paar Eingeweihte kannten. Dort lagerte Greta in einer unsichtbaren zweiten Reihe extra für sie erotische Literatur. Verstohlen schaute Carola sich nach allen Seiten um, sie würde jetzt ungern von einem Gemeindemitglied entdeckt werden. Hastig zog sie ein Buch hervor, das sie kaum eines Blickes würdigte. Es wanderte blitzschnell in ihren Rucksack. Bezahlen würde sie später, ohne es offen bei Greta auf den Tresen legen zu müssen. Das war ihre Vereinbarung.

Sie setzte sich zurück an den Ofen. Hier fühlte man sich vor allem Bösen in der Welt geschützt. Plötzlich kam Carola eine Idee: Wäre die Leseecke im Antiquariat nicht der perfekte Ort für ihre Festtafel an Heiligabend? Sie musste natürlich Greta um Erlaubnis fragen, aber die hätte bestimmt nichts dagegen.

In Gedanken ging sie die potenziellen Gäste durch. «Weihnachtsmann» Kai würde sie noch einmal bearbeiten, die junge lettische Kellnerin Natascha aus dem Café Steigleder war auch allein, die würde sofort zusagen. Und der alte Hinnerk musste sich nur einen Ruck geben, dann wäre auch er dabei. Birgit und ihre Kinder würden auf jeden Fall kommen, falls sie bis dahin nicht aufs Festland ziehen mussten, was Carola mit allen Mitteln verhindern würde. Allein das Ambiente würde sie alle begeistern. Und die Aussicht, Weihnachten nicht alleine zu Hause zu hocken, ohnehin.

Da trat Polizistin Ellen ins Antiquariat, heute in Jeans, dunkelblauem Seemannspullover und schwarzer Pudelmütze, unter der ihre hellblonden Haare hervorlugten. Sie würde Weihnachten zu zweit mit ihrem Freund Jan feiern, das war klar.

«Moin, Carola.»

«Moin, Ellen.» Carola stand auf, und sie umarmten sich. «Du, wo wir uns gerade treffen: Weißt du was von Birgit? Sie hat Angst, dass sie ins Gefängnis muss.»

Ellen setzte ihre Mütze ab und schüttelte kurz ihre Haare. «Eigentlich darf ich darüber nicht reden.» Dann sagte sie: «Birgit kommt nicht ins Gefängnis, nicht mit zwei Kindern.»

Carola war erleichtert. «Sicher?»

«Ja. Trotzdem muss sie zusehen, dass sie ihre Schulden so schnell wie möglich zurückzahlt.»

«Wie denn, ohne Einnahmen?»

«In kleinen Raten, um ihren guten Willen zu beweisen. Und wenn es zwanzig Euro im Monat sind.»

«Die Bürgschaft war für ihren Ex, sie selbst hat nichts davon gehabt.»

Ellen hob die Schultern. «Aber sie hat den Vertrag nun mal unterschrieben.»

Und in Ricks Koffer ist genug Geld, um all ihre Probleme auf einen Schlag zu lösen, schoss es Carola erneut durch den Kopf.

«Schon was Neues vom Koffer?», erkundigte sie sich beiläufig.

Ellen grinste. «Ich glaube nicht, dass der wieder auftaucht. Wer den findet, sackt das Geld ein.»

«Meinst du?»

«Wenn du dreitausend geschenkt bekämst, einfach so, was würdest du damit machen?»

Da brauchte Carola nicht lange zu überlegen. «Ich würde es Birgit geben, dann wäre für sie die Kuh vom Eis.»

«Und ohne Birgit?»

«Sportfelgen für meinen Skoda», antwortete Carola spontan.

«Quatsch.» Ellen lachte.

«Doch, Sportfelgen finde ich super!» Carola fuhr den kleinsten Kleinwagen von Skoda, ohne ein einziges Extra (laut Händler der Einzige im ganzen Land). Sportfelgen für so ein Auto waren mehr als übertrieben.

«Als Pastorin? Wie sähe das aus?»

«Steht in den Zehn Geboten ‹Du darfst keine Sportfelgen haben›?», fragte Carola.

«Trotzdem.»

«Und was würdest *du* mit dem Geld machen?»

«Urlaub in Norwegen mit Jan», sagte Ellen.

«Ganz nett, aber nichts gegen meine Sportfelgen.»

«Unsinn!»

«Da hast du recht.» Carola lachte. «Sportfelgen wären das Letzte, was ich mir kaufen würde.»

Ellen grinste. «Ich hatte mir schon Sorgen gemacht. – Was wäre es in Wirklichkeit?»

Carola ließ ihren Blick über die Regale schweifen. «Bücher?»

«Für dreitausend bekommst du schon ein paar.»

«Dann würde ich mir ein Sabbatjahr nehmen und mich irgendwo einschließen, um eins nach dem anderen zu lesen.»

«Da wäre ich dabei», sagte Ellen.

«Ich würde dir glatt welche leihen.»

«Sehr großzügig.»

«Ich kann ja sowieso immer nur eins auf einmal lesen.»

«So ist es.» Ellen schaute auf ihre Armbanduhr. «Ich muss dann mal wieder.»

«Mok god.»

«Selber auch.»

Am Ende hatte Carola für Birgits Kinder acht Bücher herausgesucht, konnte sich aber nicht entscheiden, welche sie nehmen sollte. Deshalb kaufte sie kurz entschlossen alle acht.

Mit vollbepacktem Rucksack trat Carola auf die Promenade. Von der dunklen Nordsee wehte ein kühler Luftzug, von der Nachbarhallig gegenüber funkelten ganz klein die Lichter herüber. Eigentlich wollte sie zu Natascha gehen, die einige Häuser weiter im Café Steigleder bediente. Die junge Kellnerin würde bestimmt zum Festessen kommen, ihre sämtlichen Verwandten wohnten weit weg in Lettland. Aber direkt nebenan, an einem Stehtisch bei Arco, stand Fiete von Elektro-Simoneit und trank gerade seinen Feierabend-Manhattan. Sie steuerte direkt auf ihn zu.

Prompt verschluckte er sich, als er sie sah. Carola hatte unter den Geschäftsleuten der Insel den Ruf einer charmanten, aber stets um das Wohl anderer bemühten, unnachgiebigen Bettlerin. Einige fürchteten sich geradezu vor ihr. Bevor sie ihn noch einmal wegen der Tiefkühltruhen anspräche, ließ er sein halbvolles Glas stehen und floh Richtung Altstadt.

Seine Flucht weckte ihren sportlichen Ehrgeiz. Sie blieb ihm auf den Fersen. Fiete rannte in einiger Entfernung vor ihr her, aber sie ahnte, wohin er wollte, und nahm eine Abkürzung. Es wurde ein herrliches Hase-und-Igel-Rennen durch die Altstadt. Erste Station war die Pizzeria San Marco. Er lief hinein, sie hinterher.

«Wo ist er hin?», fragte sie keuchend, als sie vor dem schnauzbärtigen Chef Luigi stand. «Wer?», fragte der. In diesem Augenblick sah Carola die Flügeltür zur Küche auf- und zuschlagen. Sie hechtete hinterher. In der kleinen Küche starrten sie die beiden italienischen Köche mit großen Augen an und zeigten Richtung Personalausgang.

Auf dem schmalen Durchgang zwischen zwei Häusern sah sie ihn wieder: Fiete rannte vor ihr her durch die Gassen und wusste nicht, wohin.

Nächste Station war «Hemd und Höschen», das Geschäft für Lingerie und Bademoden. Sie durchquerte den Laden im Laufschritt Richtung Hinterausgang, aber dort war kein Fiete zu sehen. Also drehte sie wieder um. Der geschlossene Vorhang einer Umkleidekabine bewegte sich verdächtig. Sie riss ihn auf – und tatsächlich: Fiete kauerte auf einem Hocker und starrte sie demütig an. Er sah aus wie ein scheues Tier, das man in seinem Versteck aufgestöbert hatte. An dem Haken vor ihm hing ein nachtblaues Satinnachthemd.

«Moin, Fiete», sagte sie. «So schnell sieht man sich wieder.»

Er lächelte. «Ja, die Insel ist klein.»

«Kannst wohl sagen.»

Sie taten beide so, als sei es völlig normal, dass sie sich an diesem Ort unterhielten.

«Leben und leben lassen», sagte Carola. «Wie wäre es, wenn du den Einkaufspreis bekommst? Du verlierst nichts und kriegst von der Tafel eine Spendenquittung für die volle Summe.»

«Überredet», stöhnte er.

«Darf ich das so an die Tafel weitergeben?»

«Von mir aus.»

«Du bist großartig!»

Wenn die Gefriertruhen erst im Lagerraum der Tafel standen und sein Name groß in der Zeitung erwähnt wurde, würde er stolz sein, das wusste sie.

Vor dem Laden rief sie Klaas Broder an und erzählte ihm freudig, zu welch sensationellem Preis er die beiden Gefriertruhen bei Fiete abholen konnte. Damit war das Festessen für die Bedürftigen der Insel gerettet!

Doch ihr Glück währte keine Minute. Als sie Klaas die gute Nachricht überbracht hatte, musste er ihr mitteilen, dass in der Tafelkasse Ebbe herrschte. Selbst Fietes niedriger Preis war noch zu hoch.

Carola war verzweifelt. Weihnachten rückte näher, und sie erreichte gar nichts. Weder für die Tafel noch für Birgit, und wenn sie ehrlich war, auch nicht für ihre eigene Feier.

Das Schicksal von Ricks Koffer musste entschieden werden. Und zwar schnell und ohne dass Torin und sie zu Dieben wurden. Der Herrgott sollte ein Zeichen senden, was zu tun war!

12.

Schon bevor Carola morgens die Augen aufschlug, spürte sie, dass die Welt nicht mehr dieselbe war. Die Geräusche draußen hörten sich fremd an. Vor ihrem Haus kroch ein Auto vorbei, der Motor so gedämpft, als sei er in Watte gelegt.

Was war passiert? Sie öffnete die Augen. Das Licht hinter den Gardinen war heller als sonst um diese Uhrzeit. Sie ging ans Fenster und jauchzte vor Freude auf: In der Nacht hatte es geschneit, alle Häuser und Wege waren mit einer dicken weißen Schicht bedeckt, ebenso Sträucher und Bäume, die Reetdachhäuser und der Friesendom. Schon als Kind hatte sie den ersten Schnee des Jahres als Geschenk des Himmels empfunden: Schlitten fahren und Schneemänner bauen war für sie der Höhepunkt des Jahres.

Sie fischte ihre rosa UGG-Stiefel aus der Abseite im Flur, zog sich Jeans und ihren schönsten Norwegerpulli über und holte den Schneeschieber aus dem Schuppen. Der Bürgersteig vor ihrem Haus musste freigeräumt werden. Sie liebte es, einen langen, schmalen Weg durch den Neuschnee zu schieben, wobei sie das Nachbargrundstück gleich mit versorgte. Es war der perfekte Frühsport in klarer, frostiger Luft. Anschließend wäre sie am liebsten stundenlang über die weiße Insel gewandert, hätte einen Schneemann gebaut oder Tannenbaum-Muster in den Schnee gemalt.

Doch dafür blieb in ihrem Erwachsenenleben leider keine Zeit. Stattdessen ging sie zurück ins Haus und legte ihren Talar an. Das, was sie vorhatte, verlangte hochoffizielle Dienstkleidung. Sie betrachtete sich prüfend im Spiegel. Es würde nicht einfach werden. Sie durfte auf keinen Fall leichtfertig handeln, sondern musste stets auf die Stimme ihres obersten Dienstherrn hören.

Sie schnappte sich Ricks Koffer und ging hinüber zum Friesendom. Die alten Grabsteine auf dem Friedhof hatten vom Schnee eine Mütze bekommen. Es wirkte fast, als hätten die Verstorbenen etwas zu feiern.

Carola öffnete das Portal und huschte hinein. Wegen des Schneelichts, das durch die hohen Fenster schien, war es auch im Kirchenraum ungewohnt hell. Das Modell des alten Walfangschiffs, das von der Decke hing, leuchtete magisch. Carola legte Ricks Koffer vor den Altar und trat mit gefalteten Händen ein paar Schritte zurück. Mit fragendem Blick sah sie auf das Kreuz.

«Darf ich mit dem Geld in diesem Koffer Gutes tun?», fragte sie leise, «oder wäre das eine Sünde?»

Sie senkte den Blick, weil sie wusste, dass ihre Gedanken nicht rein waren. Wenn sie ehrlich war, wollte sie Gott eigentlich keine Frage stellen, sondern ihn rumkriegen. Denn in ihrem tiefsten Inneren fühlte sie, dass es gerecht war, was sie vorhatte. Sie fand, dass sie gute Argumente hatte: «Auf was wird Rick verzichten müssen, wenn er das Geld nicht zurückbekommt?», fragte sie laut und gab sich die Antwort gleich selbst: «Auf nichts. Sein kaputtes Rennboot zahlt die Versicherung, und seine Villa muss er auch nicht räumen.» Wenn sie an Birgit dachte, sah das ganz anders aus. Und was war mit den Menschen, die auf die Tafel angewiesen waren? Hatten sie nicht auch das Recht auf ein friedliches Weihnachtsfest? Das war doch die Botschaft von Heiligabend! Nicht ohne Grund war Jesus nicht in einer Villa mit Meerblick zur Welt gekommen, sondern in einem Stall.

Sie blickte sich um. Sämtliche Holzfiguren über dem Altar schienen ihr aufmunternd zuzulächeln. Hatte sie bei Maria nicht sogar ein Augenzwinkern gesehen? Doch weder Johannes der Täufer noch Maria oder Carola selbst durften entscheiden. Das war Chefsache.

Und die Zeit drängte. ER musste ein Zeichen setzen. Aber bitte schnell.

Sie ließ den Koffer mit dem Geld gut sichtbar vor dem Altar liegen und ging hinaus, wohl wissend, dass der Friesendom für Besucher geöffnet blieb. Heute Abend, wenn sie wiederkam, würde sie mehr wissen. Falls jemand den Koffer mitgenommen hätte, wäre es Gottes Wille gewesen.

In der Zwischenzeit musste sie noch einmal mit Rick reden. Ihr Ehrgeiz, im Schnee Fahrrad zu fahren, hielt sich in Grenzen, deswegen kam ihr Skoda zum Einsatz, der vor der Tür parkte. Sie holte einen Handfeger aus der Küche und befreite Dach, Scheiben und Motorhaube vom Schnee. Als sie losfuhr, war es im Innenraum eisig, der Ventilator blies ihr nur kalte Luft ins Gesicht, auf der kurzen Strecke bis zu Ricks Villa wurde die Heizung nicht warm.

Carola parkte ihren Wagen direkt vor der Garageneinfahrt. Sie warf einen Blick auf die Nordsee, die unter schwermütigen, dunkelvioletten Wolken lag. Eine weiße Fähre zog auf dem Weg zur Nachbarinsel vorbei, am Horizont war ein Streifen Sonne zu erkennen. Es wirkte wie ein monumentales Gemälde.

Sie fragte sich, ob sie glücklicher wäre, wenn sie diesen Blick täglich vor Augen hätte. Wahrscheinlich dachte man das im ersten Moment, und danach wäre es doch wieder wie vorher.

Carola klingelte an der Haustür. Eine junge Frau mit gelben Gummihandschuhen öffnete. Offensichtlich Ricks Putzfrau, Carola hatte sie schon mal im Supermarkt gesehen.

«Moin, wie kann ich Ihnen helfen?», fragte sie.

Erst jetzt fiel Carola wieder ein, dass sie ja ihren Talar trug. Er lugte unter ihrem Mantel hervor. «Moin. Ist Rick da?»

Die Frau sah sie misstrauisch an. Wie eine potenzielle Kundin sah Carola nicht aus, damit fiel sie anscheinend in die Kategorie «unwichtig».

«Herr Rickleffs ist unterwegs.»

«Ich müsste ihn dringend sprechen», sagte Carola.

«Rufen Sie ihn an.»

«Nee, das möchte ich ihm lieber persönlich sagen …»

Die Miene der Frau war jetzt abweisend. «Er wollte Kunden treffen.»

«Wo?»

«Weiß ich nicht.»

«Dann rufe ich ihn vielleicht doch an.»

«Bei Kundengesprächen schaltet er sein Handy immer aus.»

Zack, war die Tür wieder zu. Carola wusste nicht, womit sie diese Unfreundlichkeit verdient hatte.

Auf Ricks Handy meldete sich wie erwartet nur die Mailbox. Sie fuhr zurück auf die Landesstraße. Sie konnte jetzt nicht die ganze Insel nach ihm absuchen, das würde zu lange dauern. Am besten, sie bereitete jetzt erst mal die Adventsandacht für die Landfrauen vor, deren Feier morgen stattfinden würde.

Unterwegs sah sie ein paar Kinder, die den Deich hinunterrodelten, darunter der kleine Eike. Bei der Probe im Friesendom war er der Blockflötenspieler gewesen, der nach Ludmillas Schlusszeichen einfach weitergespielt hatte. Hier ging keine Gefahr von ihm aus, er hatte seine Flöte bestimmt nicht dabei.

Aber vielleicht hatte er zufällig Rick gesehen! Carola machte spontan eine Vollbremsung, was ein schwerer Fehler war. Ihr Wagen drehte sich einmal um die eigene Achse und kam ein paar Meter weiter in Fahrtrichtung zum Stehen. Ihr Herz klopfte wie wild. Das hätte auch schiefgehen können. Sie ließ die Scheibe des Beifahrerfensters herunter, um Luft zu schnappen.

«Wow», sagte Eike. «Du hast es echt drauf!»

Er glaubte anscheinend, dass sie den Dreher mit Absicht hingelegt hatte.

«Gelernt ist gelernt», antwortete sie lässig und konnte schon wieder lächeln. «Sag mal, du bist doch Autofan wie ich …»

«Ja.»

«Ich suche den Landrover von Rick, der ist in Tarnfarbe gestrichen, wie bei der Bundeswehr. Hast du ihn zufällig gesehen?»

Ricks bulliger Wagen sollte vor allem eins symbolisieren: Dieser Mann kommt überall durch!

Er strahlte stolz: «Der parkt gerade neben der Albrecht-

Villa in Goting, da bin ich eben mit meiner Mama vorbeigekommen, als sie mich hierhergebracht hat.»

«Danke, du hast mir sehr geholfen, Eike. Schönen Tag noch.»

«Dir auch.»

Die Albrecht-Villa kannte jeder auf der Insel, hier hatte mal ein bekannter Industrieller gewohnt. Carola lächelte siegesgewiss, als sie dort ankam. Ricks gescheckter Landrover mit NF-Kennzeichen für Nordfriesland stand vor einem neu erbauten Reetdachhaus, daneben parkte dasselbe Modell noch einmal in Dunkelblau, mit Hamburger Plakette. Die Villa war gerade fertig geworden, das Reet, das unter dem Schnee hervorlugte, sah noch hellbeige aus. Auch von hier aus blickte man direkt aufs Meer und die Nachbarinsel.

Carola stieg aus und ging über elegante Granitplatten auf das Haus zu. Sie klopfte erst höflich und öffnete dann entschlossen die Tür. Das Schöne war: Bei allem, was gleich passieren würde, saß sie am längeren Hebel. Denn nur sie wusste, wo Ricks heißbegehrter Koffer lag – falls Gott nicht eingegriffen und das Geld jemand anderem zugedacht hatte.

Von drinnen hörte sie Stimmen. «Anderthalb Millionen, sagen Sie? Das darf meine Frau gar nicht wissen. Sie soll diese Hütte zu Weihnachten bekommen», sagte ein Mann.

«Aber Schatz, wir wollten uns doch eigentlich dieses Jahr nichts schenken», säuselte eine Frau.

Meinte sie das ernst?

Carola klopfte vernehmlich an der Wohnzimmertür.

«Hallo? Jemand da?», hörte sie Rick rufen.

Sie öffnete die Knöpfe ihres Mantels und trat ein. Rick

stand dort mit einem jungen Pärchen, beide vielleicht Mitte zwanzig, in Blue Jeans, alten Parkas und Winterstiefeln. Sie starrten sie an, als käme sie von einem anderen Stern. Eine Pastorin in Talar hatten sie offensichtlich nicht erwartet.

Die Frau hatte lange Haare, war ungeschminkt und sah komplett unscheinbar aus, ihrem Typen gingen bereits die aschblonden Haare aus. In seinem Alter konnte er das Haus zum Preis von mehr als einer Million kaum erarbeitet haben, überlegte Carola. Vermutlich war er ein junger Erbe. Oder er war durch illegale Aktivitäten rasend schnell an eine Menge Geld gekommen. Allerdings wirkte er eher wie ein Verwaltungsbeamter als wie ein Drogenhändler. Wissen konnte man es nie.

Rick verzog genervt das Gesicht. «Was willst du hier?», fragte er sie. «Wir hatten doch alles besprochen.»

«Bin ich nicht der Meinung.»

«Liebe Frau Pastorin, wie du siehst, habe ich gerade keine Zeit.»

Das Pärchen musterte sie abweisend.

«Ich glaube, die solltest du dir nehmen», beharrte Carola.

«Habe ich dich jemals gestört, wenn du gerade ein Seelsorge-Gespräch geführt hast? Also …!»

Was für ein Unsinn, wo sie außer in Sylkes Bar an der Promenade nie aufeinandertroffen waren.

«Oh, Konkurrenz, Herr Rickleffs?», erkundigte sich der junge Mann angespannt.

«Aber ja! Ich würde diese Immobilie gerne kaufen», sagte Carola spontan und gab den beiden freundlich die Hand. Es war sogar die Wahrheit, das Reetdachhaus gefiel ihr. Dass sie nicht genug Geld besaß, um es zu erwerben, musste sie ja nicht sagen. «Carola Schmidt», stellte sie sich vor.

«Die Pastorin vom Friesendom», ergänzte Rick.

«Ach so.» Der Mann verzichtete darauf, sich ebenfalls vorzustellen.

Danke, oh Herr, dass du mir so deutlich zeigst, wie richtig es ist, was ich hier gerade tue! Laut sagte sie zu Rick: «Ich zahle deinen Preis plus zehn in bar. Da ist mein Erbe gut angelegt.»

Von wegen Erbe, sie hatte nach dem Ableben ihrer Eltern nichts als ein paar Schulden übernommen. Es war äußerst riskant, was sie da tat: Falls Ricks Kunde nicht in den Bieterwettbewerb einstieg, stand sie doof da.

«Zwanzig in bar obendrauf», sagte der junge Mann lässig und lächelte. Zu wenig Geld schien wirklich nicht sein Problem zu sein.

«Ach, Schatz», flötete die Frau.

Carola fiel ein Stein vom Herzen. «Da bin ich leider draußen.»

«Abgemacht», sagte Rick.

Der Mann gab ihm die Hand. Rick sah jetzt erheblich freundlicher aus.

«Ich bin Zeugin», fügte Carola hinzu. «So wahr mir Gott helfe.»

«Und jetzt lässt du uns bitte alleine, ja?», forderte Rick sie auf.

«Na, klar», sagte sie. Und blieb stehen.

«Bitte …!» Er wollte sie sanft hinausschieben.

«Ach, übrigens, wegen deines Koffers», flüsterte Carola. «Der ist vorhin gefunden worden.»

Rick erstarrte. «Wo?»

Sie lächelte. «Fällt unters Seelsorgegeheimnis.»

«Der gehört mir!»

«Gibt es Schwierigkeiten?», erkundigte sich der Kunde.

«Alles gut», sagte Rick.

«Den Koffer habe ich sicher im Friesendom deponiert», sagte Carola. «Falls der Herrgott ihn inzwischen nicht jemand anderem überlassen hat.»

«Wieso hast du ihn nicht mit hierhergebracht?»

Carola sah Rick empört an. «Ich bin Pastorin und kein Gepäckdienst.» Auch wenn er bestimmt kein Kirchgänger war, wollte sie ihn dazu bringen, wenigstens einmal den Dom zu betreten.

Rick setzte ein joviales Lächeln auf und sagte an den jungen Mann gerichtet: «Schauen Sie sich gerne weiter in Ihrem neuen Heim um. Bestimmt wollen Sie es im Kopf schon mal einrichten. Ich bin in zehn Minuten wieder bei Ihnen.»

«Ungern», sagte der Mann beleidigt. Immerhin wollte er hier mehr als eine Million anlegen, da gehörte die Aufmerksamkeit des Maklers ja wohl ihm alleine!

«Es ist ein Notfall», keuchte Rick und war schon aus der Tür.

Draußen sprang er in seinen Landrover und raste mit hohem Tempo vorweg. Carola ließ sich Zeit für die Fahrt, bei Schnee- und Eisglätte war das sicherer. Vorm Friesendom parkte sie direkt hinter ihm. Rick tänzelte bereits ungeduldig auf dem Friedhof auf und ab. Dass er schneller als sie hier gewesen war, nützte ihm nichts. Er wusste ja nicht, wo sich der Koffer befand.

Immerhin hielt er ihr die Pforte auf, so viel Höflichkeit hatte sie nicht erwartet. Carola blieb vor dem Grabstein von Hauke und Johanna Matthiesen stehen. «Guck mal,

Ostindien und Grönland – die sind weit rumgekommen», sagte sie. «Aber sie sind immer wieder auf unsere schöne Insel zurückgekehrt.»

«Mach zu», drängelte Rick.

«Du bleibst ja auch hier wohnen», fuhr Carola fort, «obwohl du dir genauso gut etwas in der Südsee suchen könntest.»

«Mann, Carola, gib mir den Koffer, und gut ist!»

«Für dich sind die Inseln und Halligen wie eine Goldmine, oder?»

«Den Koffer!»

Carola blieb stehen und sah ihn an. «Höre ich kein Dankeschön für meine gute Tat?»

«Welche gute Tat?»

«Dass ich eben den Preis für dich hochgetrieben habe?»

«Hättest du das Haus wirklich gekauft, wenn die nicht mitgegangen wären?», fragte er.

«Wovon denn?» Carola lächelte.

«Ach! Das wäre dann allein mein Verlust gewesen? Na, vielen Dank!»

«Reg dich nicht auf, ist doch gutgegangen. Und jetzt sorge ich sogar noch dafür, dass du deinen Koffer bekommst, ist das nichts?»

«Mach hinne, meine Kunden warten.»

«Was ist mit der Belohnung?»

«Erst der Koffer!»

Carola öffnete die schwere Tür zum Friesendom. Rick rannte an ihr vorbei durch das Kirchenschiff und schaute sich hektisch um.

«Wo ist er?»

«Vor dem Altar.»

Dort lag tatsächlich immer noch der von ihm so

schmerzlich vermisste Lederkoffer. Niemand hatte ihn mitgenommen. Rick kniete sich hin und klappte den Deckel auf. Da waren die nass gewordenen Vertragsunterlagen. Und viele Geldscheine.

«Alles wieder da», sagte sie.

Rick zählte das Geld zweimal nach. Dann starrte er sie an. «Das sind nur dreitausend!», rief er aufgeregt.

«Wie du bei der Polizei angegeben hast.»

«Wo ist der Rest?»

«Was für ein Rest?»

«Was hast du damit gemacht?», schrie er.

Carola blickte verständnislos. «Ich habe den Koffer genau so überreicht bekommen, wie du ihn hier vor dir siehst.»

«Wer hat ihn dir gegeben? Wer war das Schwein?»

«Sei doch froh, dass ihn überhaupt jemand gefunden hat.»

«Das ist eine Sauerei! Ich werde rausbekommen, wer dahintersteckt, verlass dich drauf!»

Rick lief mit dem Koffer aus der Kirche, ohne sich zu verabschieden.

«Was ist mit der Belohnung?», rief Carola hinterher.

Ihr Plan stand fest, es ging jetzt nur noch um Details. Torin war einverstanden, und er würde ihr bei allem helfen, was zu tun war. Das hatte er ihr am Telefon versprochen.

13.

Carola blickte auf die Küchenuhr über dem Herd. Es war fünf vor zwei, mitten in der Nacht. Gerade begann es wieder zu schneien, die Flocken wurden von Windböen durch die Luft gewirbelt. Kein Wetter, das man sich für das wünschte, was Torin und sie sich vorgenommen hatten.

Sie setzte sich an den Tisch vor dem Küchenbuffet und nahm den Füllfederhalter mit der goldenen Feder in die Hand, der noch von ihrer Mutter stammte. Carola benutzte ihn nur für besondere Briefe, zum Beispiel, wenn sie jemandem ihr Beileid ausdrücken wollte.

Heute ging es zum Glück um eine Nachricht, die große Freude auslösen würde. Sie schrieb auf ein dickes Blatt Papier:

Moin, ihr lieben, wunderbaren Menschen von der Tafel,
ich habe gehört, dass ihr dringend neue Gefriertruhen braucht, gerade jetzt zu Weihnachten. Das beiliegende Geld ist dafür gedacht, und für ein paar Dinge mehr. Ihr werdet schon wissen, wofür!
Herzlichen Gruß von eurem Nis Puk

Carola setzte zufrieden den Stift ab und legte den Briefbogen mit vierzehn Hundertern in einen Umschlag, den sie noch nicht verschloss, weil sie ihn erst Torin zeigen wollte. Die Adressaten würden sich den Kopf zerbrechen, wer der unbekannte Spender war. Damit würde die ganze Aktion im besten Fall zum Inselthema werden und könnte weitere Spenden nach sich ziehen.

Sie gähnte herzhaft, zwei Stunden Schlaf waren nicht viel gewesen. Trotzdem war sie hellwach. Entschlossen nahm sie den nächsten Papierbogen in die Hand und schaute auf die Liste, die sie zusammen mit Torin am Telefon erstellt hatte. Jetzt waren Birgit und ihre Kinder dran. Die 5000 Euro würden sie aus der festgefahrenen Lage befreien, in der sie steckten. Damit waren sowohl der Strafbefehl als auch die Schulden vom Tisch. Und es blieb sogar noch etwas für Weihnachten übrig, darüber freute Carola sich besonders.

Auch den Brief an Birgit unterschrieb sie mit «Nis Puk». Niemand würde darauf kommen, dass sich hinter dem heidnischen Troll die Pastorin des Friesendoms und der Organist von der gegenüberliegenden Hallig verbargen. Der Gedanke zauberte ein Lächeln auf ihr Gesicht.

Birgit bekam einen größeren Umschlag, weil noch zwei Bücher mit hineinsollten, die Carola bei Greta besorgt hatte: «Lippels Traum» von Paul Maar in einfacher Sprache, die Svenja und Tim schon lesen konnten, und «Wo ist Walter?», ein Wimmelbilderbuch, in dem Walter, Wilma, Wau und viele kleine Walter-Fans gefunden werden sollten.

Es klopfte an der Haustür. Das musste Torin sein. Angesichts seiner Fahrt über die nächtliche Nordsee und der schlechten Wetterverhältnisse war er erstaunlich pünktlich. Sie eilte in den Flur und öffnete. Unter dem dicken Wollschal und seiner schneebedeckten Beanie-Mütze war er kaum zu erkennen.

«Bist du es?», fragte sie amüsiert.

Er zog lächelnd die Mütze vom Kopf. «Hast du noch jemand anderen erwartet?»

«Nein, komm schnell rein. Willst du erst mal einen Kaffee zum Aufwärmen?»

«Gerne.»

Torin hatte mit dem Motorboot seiner Familie von der Hallig in die Inselhauptstadt übergesetzt. An Bord hatte er ein Klapprad mitgenommen, mit dem er vom Hafen nach Nieblum geradelt war. Und das im dichten Schneetreiben! Carola hatte ihm angeboten, ihn mit dem Wagen am Hafen abzuholen, aber so fand er es besser. Er zog Handschuhe, Jacke, Winterstiefel aus und legte Schal und Mütze zum Trocknen auf die Heizung.

«Müde?», fragte sie.

«Bei fünf Grad unter null bleibst du auf dem Rad so was von wach», sagte er und schüttelte sich.

«Wie geht es Annerose?», erkundigte sich Carola, während sie Bohnen mahlte.

«Erstaunlich gut. Sie schläft viel, aber ansonsten ist sie vollkommen klar.»

«Schön. Was hast du deinen Leuten erzählt, warum du mitten in der Nacht von der Hallig verschwindest?»

«Ein Termin auf dem Festland, ich muss um acht in Hamburg sein.»

«Und das haben sie dir geglaubt?»

«Sie vermuten, dass ich irgendwo im Wattenmeer eine Geliebte habe.»

Sie sah ihn aufmerksam an. «Kann doch sein.»

«Niemand ahnt, in welche dunklen Machenschaften ich verwickelt bin. Und dass die Drahtzieherin ausgerechnet die Pastorin des Friesendoms ist.»

«*Ich* habe den Koffer nicht gefunden!»

«Ach, jetzt bin ich an allem schuld?», fragte er mit funkelndem Blick.

Carola hätte ihn in diesem Moment umarmen können. «Du hättest mal Ricks Gesicht sehen sollen, als er den Koffer aufmachte und da nur dreitausend drin waren.»

Torin lachte. «Ich kenne ihn ja leider nur aus dem Internet.»

«Er weiß natürlich, dass da was nicht stimmt. Der Rest des Geldes ist ja nicht einfach verdampft.»

«Allerdings.»

«Und wenn schon. Auf dich kommt er nie im Leben.»

«Aber vielleicht auf dich», sagte er.

War da ein Anflug von Sorge in seinem Gesicht?

Sie deutete auf den Tisch. «Da sind die Briefe und das Paket für Birgit.»

Torin las. «Nis Puk?», fragte er amüsiert.

«Jetzt sag nicht, dass er auf der Hallig ein Unbekannter ist! Alle Insulaner kennen diesen Troll, er bringt Glück.»

«Das sagt ausgerechnet eine Frau Gottes?»

Dann tranken sie ihren Kaffee, ohne viel zu reden, es war einfach zu früh dafür.

Schließlich stand Carola auf. «Auf geht's!»

«Los!»

Carola legte die Umschläge in ihren Rucksack, dann packten sie sich beide warm ein und stapften hinaus in die Dunkelheit. Kurz hatte sie überlegt, die Briefe wie eine Postbotin mit dem Wagen zu verteilen, aber das Motorengeräusch wäre in der nächtlichen Stille verräterisch gewesen. Außerdem hatte es zu Fuß etwas von einer Pilgerwanderung.

Die Straßen waren vom Neuschnee bedeckt, nirgendwo fuhr ein Auto, kein Mensch war zu sehen. Die wenigen Laternen beleuchteten kleine Ausschnitte auf dem Schnee. Die Kälte zerrte an Carolas Gesicht. Sie wickelte sich ihren Wollschal vor den Mund, sodass nur noch die Augen zu sehen waren. Trotz ihrer dicken Kleidung musste sie sich an die eisigen Temperaturen erst gewöhnen.

Es hatte aufgehört zu schneien, aber die Wege waren nirgends geräumt, sodass sie viel länger als unter normalen Bedingungen brauchten. Weil Torin einen schnellen Schritt vorlegte, wurde Carola dann doch rasch warm. Was wohl auch an der Aufregung lag.

«Zuerst zur Tafel», sagte Carola.

«Okay.»

Um zum Lagerhaus beim Flughafen zu gelangen, mussten sie an Ricks Haus vorbeischleichen. Sie zeigte mit ihrem Fäustling auf seine Villa. «Da wohnt Rick.» Bei ihm war es dunkel, wie überall auf der Insel. «Wenn der wüsste …»

«Meinst du, wir kriegen nachher ein Frühstück bei ihm?», fragte Torin.

«Wenn wir ihm erzählen, was wir mit seinem Geld Gutes getan haben, bestimmt.»

Sie kicherten und stapften weiter. Die Tafel war in einem unscheinbaren Schuppen in der Nähe des kleinen Flughafens untergebracht. Früher wurden hier Waren für die Supermärkte gelagert. Carola öffnete ihren Rucksack, Torin leuchtete mit einer Taschenlampe hinein, damit sie den richtigen Umschlag herauszog. Sie nickten sich kurz zu. Ein prüfender Blick nach allen Seiten, dann warf Carola den Brief in den Kasten neben der eisernen Eingangstür.

«Das waren die Gefriertruhen», verkündete sie feierlich. «Weiter!»

Sie konnten nicht lange stehen bleiben, sonst wurde es sofort unerträglich kalt. Der nächtliche Nordseewind fegte Wolken von Pulverschnee durch die leeren Straßen. Carola kam sich vor wie auf einer Expedition zum Nordpol. Plötzlich hörten sie ein Motorengeräusch, das näher kam. Sie sprangen hinter eine Hecke und machten sich klein. Ein Lieferwagen fuhr langsam an ihnen vorbei – was hatte der um diese Zeit hier zu suchen?

«Es darf uns keiner sehen», sagte Carola.

«Wieso eigentlich nicht?»

«Die Pastorin und der Hallig-Organist morgens um vier im Gewerbegebiet – und dann liegen am nächsten Tag überall Umschläge mit Geld? Das wäre höchst verdächtig.»

«Juristisch gesehen sind wir eindeutig nicht mehr im grünen Bereich», bemerkte Torin.

«Keine Sorge, ich habe eine Freigabe von ganz oben.»

Er lachte. «Na, dann.»

Nach einer guten halben Stunde bogen sie in das Neubaugebiet ein, in dem Birgit wohnte.

«Dieser Umschlag ist am dicksten, bei ihr ist die Not auch am größten», sagte Carola. Lautlos wie Polarfüchse auf Jagd schlichen sie über den schneebedeckten Bürgersteig. Hier wohnten viele Menschen auf einem Fleck, deshalb mussten sie besonders leise sein.

«Ich komme mir vor wie auf Einbruchstour», flüsterte Torin.

«Bringt Spaß, oder?»

«Wäre ich sonst hier?»

«Ich bin so froh, dass du mitmachst. Alleine hätte ich mich das nicht getraut.»

Drinnen im Haus gab es ein Geräusch. Hatte man sie etwa gehört? Carola versuchte den dicken Umschlag in Birgits Briefkasten zu stopfen, aber egal, wie sehr sie auch drückte, er guckte immer halb heraus.

«Meinst du, den klaut jemand?», fragte Torin.

«Da ist eine Menge Geld drin, ich will nichts riskieren.»

«Hmm.» Torin schaute sich um. «Gehört der Balkon im Erdgeschoss zu Birgit?»

«Ja.»

Er warf den Umschlag vor Birgits Balkontür, dann huschten sie weg.

Nächste Station war Traute Nickelsen, die Nachbarin von Hinnerk, die wenig Rente bekam und langsam dement wurde. Nis Puk spendete ihr Geld für einen neuen Rollator. Für sie hatte Carola ein kleines rotes Buch mit Blumen und einer Berglandschaft beigelegt, das sie vor längerer Zeit in Gretas Antiquariat gefunden hatte: «Heidis Lehr- und Wanderjahre» von Johanna Spyri. Carola wusste, dass Traute dieses Buch liebte. Sie hatte ihr immer wieder erzählt, wie sie es als Mädchen verschlungen hatte. Vielleicht brachten Heidi und die Berge ihr ein paar schöne Erinnerungen zurück.

Es fing erneut an zu schneien, jetzt konnten sie nur noch wenige Meter weit sehen. Keiner dachte jedoch daran aufzugeben, sie kämpften sich weiter durch die dichten Flocken.

Es folgte das private Tierheim von Johann Beusenberg, der ausgesetzte Tiere bei sich aufnahm. Er brauchte dringend weitere Ställe und bekam das Geld fürs Baumaterial. Ein paar Hunde schlugen an, als sie den Brief bei ihm in den Kasten warfen, aber Beusenberg war anscheinend nicht da.

Nach einigen weiteren Briefkästen war der Rucksack leer. Torin und sie schauten sich unter einer Straßenlaterne in die Augen und lächelten sich an. Carola fragte sich in diesem Moment, was sich hinter seinem Blick verbarg.

Konnte das sein? Nein, ausgeschlossen. Die Inselpastorin und der um einige Jahre jüngere Organist von der Hallig ... Sie sollte es besser vergessen.

Aufgekratzt machten sie sich auf den Rückweg zu ihrer Wohnung. Dass es bitterkalt war, nahm Carola gar nicht mehr wahr, sie fühlte sich in ihrer Jacke so warm wie im Hochsommer. Schließlich war sie aber doch froh, als Torin und sie in ihrem gutgeheizten Haus ankamen.

Carola hatte am frühen Abend ein üppiges Frühstück mit Trauben, Ananas, Krabbensalat und selbst eingekochter Himbeermarmelade vorbereitet. Torin zog sich den Pullover aus und setzte sich in weißem T-Shirt an den Tisch. Er konnte nicht ahnen, dass schlichte weiße T-Shirts für sie das Größte waren. Natürlich nur, wenn sie jemand tragen konnte. Und Torin konnte es definitiv.

Sie holte die Dose mit den Kaffeebohnen aus dem Küchenbuffet. Diesmal hatte sie sich besser überlegt, was sie anzog. Sie hatte sich für Jeans und ihren roten Lieblingspulli aus Cashmere entschieden. Die langen Haare band sie schnell zu einem Pferdeschwanz zusammen, damit sie ihr beim Mahlen nicht ins Gesicht fielen. Torin saß auf seinem Stuhl und schaute ihr zu. Als sie das heiße Wasser aus dem Kessel in den Filter goss, sagte er: «Kaffee machen ist für dich eine Art Meditation, oder?»

«Ja.»

Sie lächelten beide und sahen sich an.

Carola spürte, dass sich zwischen ihnen etwas verändert hatte. Oder war sie nur übermüdet, und ihre Nerven spielten ihr einen Streich? Sie strich sich verlegen eine Haarsträhne aus dem Gesicht, er folgte der Geste mit seinem Blick. Schnell wandte sie sich zum Kühlschrank.

Erst einmal frühstückten sie und genossen all die Köstlichkeiten, die sie vorbereitet hatte. Nach einer Weile im Warmen schlug die Müdigkeit unbarmherzig durch, beide mussten immer häufiger gähnen. Bei Carola wurde es fast krampfartig, sie konnte kaum noch die Augen offen halten. Wahrscheinlich sah sie aus wie ein Wrack.

«Ich muss zurück auf die Hallig», sagte Torin.

«Jetzt sofort?»

Er nickte. «Ich habe meinem Vater versprochen, im Stall beim Gatterbau mit anzupacken.»

«Das eben waren meine besten Stunden seit langem», sagte Carola.

«Was waren denn davor deine besten Stunden?», hakte er nach. Er klang ungewohnt keck und gar nicht mehr schüchtern.

«Das fällt leider unter das Verschwiegenheitsgebot.»

«Schade. Aber das eben war für mich einzigartig.»

Sie freute sich, dass Torin es so offen aussprach. Sie hatte sich ihm beim Briefeverteilen die ganze Zeit nahe gefühlt – und war es auf eine Art ja auch gewesen.

Zum Abschied umarmte er sie kurz. Dass man für alle Umarmungen das gleiche Wort benutzte, war eigentlich absurd, fand sie. Eine Jacken-Umarmung fühlte sich komplett anders an als eine T-Shirt-Umarmung oder als eine Haut an Haut. Jede müsste eine andere Vokabel bekommen. Eine reizvolle T-Shirt-Umarmung mit Torin in der Küche hatte sie leider verpasst, schade. Aber sie konnte nicht klagen.

Hundemüde torkelte sie in ihr Bett. Dort stellte sie besorgt fest, dass sie furchtbar aufgekratzt war. Ob sie überhaupt einschlafen konnte? Das war dann aber schon ihr letzter Gedanke, bevor sie in einen tiefen Schlaf fiel.

14.

Gegen zehn Uhr am nächsten Morgen sah Carola vor ihrem Fenster ein paar Schneeflocken vom Himmel segeln, der Nordseewind ließ sie kunstvolle Pirouetten drehen, bevor sie zu Boden gingen. Torins und ihre Aktion der letzten Nacht erschien ihr im Nachhinein fast noch schöner, als sie sich unter der Decke noch mal in Ruhe alle Stationen vor Augen führte.

Irgendwo klingelte ihr Handy. Sie fand es unter ihrem Cashmere-Pulli neben dem Bett.

«Ja?»

«Ich bin's.»

Sie war sofort hellwach. «Moin, Torin.»

«Und?», fragte er. «Ist das mit unseren Briefen schon rum?»

«Keine Ahnung, ich war noch nicht draußen.»

Er lachte. «Na, du führst ein Leben!»

«Und selber?»

«Ich bin gar nicht ins Bett gekommen.»

«Kann ja jeder behaupten.»

«Ich habe meinem Vater im Stall geholfen.»

Er schien eine unverwüstliche Kondition zu besitzen.

«Meldest du dich, wenn du was hörst?»

«Klar. Aber vielleicht sagt ja auch niemand was: Birgit hält die Klappe, die Tafel und die anderen auch – möglich ist das.»

«Meinst du?»

«Egal, was ist, ich melde mich auf jeden Fall.»

«Ich bin so was von neugierig.»

Sie legte auf und duschte anschließend lange und heiß. Dann zog sie ihr dunkelbraunes Wickelkleid aus Wolle an, das sie so mochte, und ging zum Bäcker Brötchen holen.

Im Tageslicht hatten Schnee und Frost das Bedrohliche verloren, das sie in der Nacht noch gehabt hatten. Carola genoss das allgegenwärtige Weiß auf Häusern, Straßen und Bäumen.

Ihr Bäcker an der Hauptstraße verkaufte nicht nur Brötchen. Er war die Nachrichtenzentrale auf der Insel, hier erfuhr sie von allem, was passierte, als Erstes.

Heidrun Fehrs bediente sie wie jeden Morgen. Die schlanke Mittfünfzigerin trug den lila Kittel der Bäckerei und wirkte immer etwas abweisend. Carola hatte im Lauf der Zeit herausbekommen, dass dahinter ein freundlicher Mensch steckte. Heidrun mochte ihn aus unerfindlichen Gründen nur nicht nach außen tragen.

«Moin, Carola – wie immer?», fragte Heidrun. Das war der Code für ein Mohnbrötchen und eine helle Schrippe.

«Jo.»

Heidrun legte ihre Brötchen in eine Tüte.

«Was sagst du zum Schnee?», erkundigte sich Carola beiläufig.

«Viel Arbeit.»

Typisch Heidrun.

«Schön ist er trotzdem, oder?»

«Hmm.»

Dieses «Heidrun-hmm» musste man übersetzen in: «Ich bin auch jedes Mal total aus dem Häuschen, wenn es schneit. Da kommen tolle Erinnerungen an meine Kindheit hoch, und am liebsten würde ich den ganzen Tag nur Schlitten fahren.» Was auf der Insel fast nur vom Deich aus möglich war.

«Wie wäre es heute ausnahmsweise mal mit einem Schrotbrötchen?» Die Bäckerin hielt eins hoch.

«Nee, Brötchen müssen für mich ungesund sein, sonst schmecken sie mir nicht.»

«Na, dann.»

Carola spitzte die Ohren. Falls das mit den Briefen schon rum war, würde es jetzt kommen. Aber Heidrun kassierte nur das Geld, wie jeden Morgen. Dann setzte sie doch noch was hinterher. «Schon gehört?»

Kam es jetzt?

«Keike Ketelsen heiratet.»

Keike war gerade zwanzig, sie war eine von Carolas ersten Konfirmandinnen auf der Insel gewesen.

«Sie hat sich noch nicht bei mir im Friesendom gemeldet», sagte Carola.

Heidrun füllte Brötchen vom Blech in die Körbe. «Nee, sie geht zur Konkurrenz nach St. Nicolai.»

«So?»

Ein bisschen irritiert war Carola schon. Auf der Insel heiratete man eigentlich bei der Pastorin oder dem Pastor, die man im Konfirmandenunterricht gehabt hatte. Hatte es Keike bei ihr nicht gefallen?

«Moin tosom!» Nicole Ketelsen betrat den Laden. Wie immer war sie stark geschminkt. Nicole war Leiterin der Volkstanzgruppe und Mutter der zukünftigen Braut.

«Moin, Nicole, was brauchst du?», fragte Heidrun,

während sie Carolas Brötchentüte auf den gläsernen Tresen legte.

«Ein Kastenbrot.»

«Geschnitten wie immer?»

«Jo.» Dann wandte Nicole sich an Carola. «Wie man hört, hat der Friesendom Konkurrenz bekommen.»

«Ich weiß, deine Keike heiratet in St. Nicolai und nicht bei mir.»

Sie winkte ab. «Da mische ich mich nicht ein. – Ich meinte wegen deinem Chef.»

«Landespropst Gerling? Was ist mit dem?»

Nicole deutete mit dem Zeigefinger zur Decke. «Nee, einige Etagen höher.»

«Du meinst … den lieben Gott?»

«Aber hallo!»

Carola lachte. «Wer ist seine Konkurrenz?»

«Nis Puk.»

Ah – endlich! Sie war bis zum Zerreißen gespannt, was nun kam. Äußerlich tat sie total überrascht. «Der Troll?»

«Ganz genau.»

«Wieso sollte der eine Konkurrenz für uns sein?»

«Nis Puk bringt ja normalerweise keine Geschenke. Aber das hat sich gestern Nacht geändert.»

«Wie das?»

«Die Tafel hat von ihm Geld in einem Umschlag bekommen.»

Carolas Herz pochte vor Aufregung, aber sie setzte ein Pokerface auf. «Eine Spende von einem Troll? Willst du mich verschaukeln?»

«So ist es, unterschrieben mit ‹Nis Puk›! Traute hat auch einen Umschlag gekriegt, und ein Buch, sie ist ganz aus dem Häuschen.»

«Was meinst du, wer das war?», fragte Carola.

Nicole kratzte sich am Kinn. «Auf jeden Fall jemand von der Insel.»

«Echt?»

«Da hat einer genau gewusst, wer was braucht.»

«Oder eine!»

«Der oder die muss auf jeden Fall eine Menge Geld haben.»

«Und niemand hat was mitbekommen?», fragte Carola. Diese Info war nicht uninteressant für sie.

«Postbüddel Ingwersen will Hauke von der Meierei gesehen haben.»

«Hauke verteilt aber doch keine Briefe mit Geld», mischte Heidrun sich ein.

«Wer weiß», sagte Nicole.

«Dann müsste er heimlich im Lotto gewonnen haben.»

«Und trotzdem fährt er seinen fünfzehn Jahre alten Opel weiter, der andauernd in die Werkstatt muss?», fragte Carola in die Runde. «Wohl kaum.»

«Was ist mit K-I?», fragte Nicole.

Klaus Ingwersen besaß ein Weingut auf der Insel, was viele Auswärtige nicht glauben mochten, weil Föhr so weit im Norden lag. Tatsächlich wuchsen hier aber Trauben, die zu einem ordentlichen Wein verarbeitet werden konnten.

«Warum sollte er das anonym tun?», fragte Heidrun.

«Es bleibt mysteriös», sagte Carola.

Beschwingt machte Carola sich auf den Rückweg. Bei jedem Schritt tänzelte sie ein bisschen, am liebsten hätte sie auf dem Bürgersteig Pirouetten gedreht. Dagegen sprach, dass die Wege glatt waren und ihr Ballettunterricht lange her.

Beim Frühstück am Küchentisch brachte sie Torin mit einer SMS auf den neusten Stand. Er schickte drei Smileys zurück. Dann fuhr sie mit dem Wagen zum Lagerhaus der Tafel in der Nähe des Flughafens. Das war letzte Nacht ein Ort gewesen, an dem sie heimlich ans Aufgeben gedacht hatte, weil ihr so derartig kalt gewesen war.

Als Carola aus dem Wagen stieg, hörte sie von drinnen laute Musik. «La Paloma» von Hans Albers endete gerade, und Udo Lindenberg startete mit «Andrea Doria», beim Refrain wurde aus voller Kehle mitgegrölt: «Aber sonst ist wieder alles klaaaaar, auf der Andrea Dorriaaaa ...»

Sie öffnete die Tür. Die mit Dosen und Tüten gefüllten Regale sahen aus wie immer, in einer Ecke standen die beiden neuen Gefriertruhen und brummten vor sich hin. Darauf waren Gläser und offene Sektflaschen abgestellt, sämtliche Menschen, die für die Tafel arbeiteten, tanzten drum herum. Alle hatten leicht einen intus.

«Moin zusammen», rief Carola.

«Trink ein' mit, Carola!», rief Klaas nuschelnd. «Weihnachten is' gerettet.»

«Wie das?»

Klaas zeigte ihr den Brief, den sie selbst geschrieben hatte. «Nis Puk hat uns Geld geschenkt. Der gute Nis!»

Carola freute sich viel mehr, als die guten Menschen von der Tafel ahnen konnten.

Der Tanz setzte sich auf der Promenade fort. Carola hatte das Gefühl, dass die weihnachtlichen Girlanden mit den bunten Glühbirnen fröhlich in der Luft mitschwangen. Sie schaute hinüber zur Hallig, die im Wattenmeer lag. Insgeheim schickte sie einen Gruß an Torin, ihren Komplizen.

Kurz vor der kleinen Inselbuchhandlung kam ihr Weihnachtsmann Kai entgegen. Ohne dass Kinder um ihn herumwuselten, wirkte er am zugeschneiten Strand etwas verloren.

«Na, Kai, war Nis Puk auch bei dir?», erkundigte sich Carola. Inzwischen konnte sie davon ausgehen, dass alle Insulaner von den Briefen gehört hatten.

«Mich hat er ausgelassen», klagte er.

«Och.»

«Ein schlimmes Missverständnis. Er hat wohl gedacht, der Weihnachtsmann hat genug, weil er selber Geschenke verteilt. Aber das ist ein schwerer Irrtum.»

«Vielleicht kommt er ja später noch zu dir.»

Er nickte und ging weiter.

Bei Sylkes Stehausschank tummelten sich die Leute an den Tischen und tranken Manhattan und Glühwein. Inselpolizistin Ellen stand alleine vor einem Becher Kaffee. Sie hatte ihre blonden Haare zu einem Zopf gebunden.

«Seltsame Aktion», befand sie, als sich Carola zu ihr stellte.

«Es ist keine Straftat, oder?»

Ellens blaue Augen funkelten. «Es sei denn, das Geld ist geklaut.»

«Gab es einen Banküberfall?»

«Nicht direkt.»

Carola wurde hellhörig. Wusste Ellen etwas? «Und indirekt?»

Ellen winkte ab. «Vergiss es. Das ist nur ein vager Verdacht …»

«Sag schon!»

«Vergiss es.»

Carola überlegte: Ellen wusste von Ricks Geldkoffer,

Rick hatte ja Anzeige bei ihr erstattet. Sie vermutete ganz richtig, dass die Geldbriefe mit dem Koffer zusammenhängen konnten:

«Vielleicht hat ein friesischer Robin Hood irgendwo Geld geklaut und verteilt es jetzt auf der Insel», sagte Ellen.

«Hat denn niemand was gesehen?»

«Alle haben etwas gesehen», seufzte Ellen.

«Ernsthaft?»

«Wie das eben ist, wenn so was passiert. Die Liste der Zeugen wird länger und länger. Meierei-Hauke will sogar *dich* von seinem Lieferwagen aus gesehen haben, morgens um vier!»

Carola lächelte tapfer. «Ist nicht ganz meine Zeit.»

«Habe ich ihm auch gesagt.»

«Wieso sollte ich mich verstecken? Als Frau der Kirche würde ich direkt zu den Leuten gehen und ihnen das Geld in die Hand drücken, das kannst du ihm gerne sagen.»

«Ist ja nur ein dämliches Gerücht.»

Da erschien Brockstedt, der Reporter des «Inselkuriers», an ihrem Stehtisch.

«Die ganze Insel steht kopf wegen des Koffers», rief er. «Wisst ihr was dazu?»

«Willst du drüber schreiben?»

Brockstedt lachte. «Was denkst du denn! So eine Story bekommt man als Journalist einmal im Leben zu fassen, wenn überhaupt!» Dann begann er aufzuzählen: «Spiegel-Affäre, Watergate – und jetzt die Briefumschläge!»

Carola lächelte. «Du meinst, es ist *historisch*?»

Brockstedt war in seiner Euphorie nicht zu bremsen. «Meine Story wird um die Welt gehen.»

«*Troll verteilt Geld auf einer kleinen Insel!*», rief Ellen.

«Was meinst du, was das für den Tourismus bringen wird!», sagte Brockstedt.

«Es ist der endgültige Beweis, dass wir die spannendste Insel der Welt sind», meinte Ellen.

«So ist es!», bestätigte Carola.

Von Sylkes Stehausschank aus konnte sie in der Ferne den Fährhafen einsehen. Da passierte gerade irgendetwas, was es dort sonst nicht zu sehen gab.

«Was ist da los?», fragte sie.

Brockstedt riss den Kopf herum. «Wo?»

«Am Anleger.»

Jetzt war gleißend helles Licht zu sehen. «Das ist ein Feuerwehreinsatz, aber was für einer!»

Brockstedt schnappte sich seine Kamera und rannte los. Carola folgte ihm.

Das hatte man auf der Insel wirklich noch nicht gesehen: Mehrere Kamerateams und Fotografen in Lieferwagen und Kombis fuhren von Bord der Fähre. Einige hielten ihre Kameras aus den Autofenstern, damit ihnen auf keinen Fall etwas entging. Alle wollten schneller und besser sein als die Konkurrenz. Immer wieder kamen sie kurz zum Stehen, um ihre Mikrophone vor die Insulaner zu halten.

Carola hörte, wie Matrose Jens Hinrich den Journalisten vom Festland erklärte: «Nis Puk lebt seit Jahrhunderten auf unserer Insel, mitten unter uns.»

Und das interessierte plötzlich die ganze Welt? Carola war baff. Ein solches Echo über die Insel hinaus hätte sie nicht erwartet.

15.

In ihrem Arbeitszimmer kam Carola gar nicht mehr weg von ihrem Laptop: Die Ereignisse auf der Insel waren Thema auf fast allen Kanälen. #*Nispuk* erhielt eine erstaunlich große Zahl von Klicks in den sozialen Netzwerken. Wie hatte sich das so schnell verbreiten können?

In einem kurzen Fernsehbeitrag wurde die Insel im Schnee gezeigt: der Fähranleger, der Strand, Reetdachhäuser, die Deiche – schöner ging es nicht. Dazu sprach eine sonore Frauenstimme: «Doch auf der idyllischen Insel gibt es auch bedürftige Menschen. Für einige von ihnen lag gestern ein Umschlag mit Geld im Briefkasten, der mit ‹Nis Puk› unterschrieben war. Nis Puk ist der Name eines Trolls, der laut einer alten Sage auf der Insel lebt.» Dann wurde Klaas Broder eingeblendet, dem man zum Glück kaum anmerkte, dass er einen sitzen hatte. «Ohne unseren alten Kumpel Nis hätten wir eine große Lieferung mit Lebensmitteln ablehnen müssen», verkündete er nuschelnd.

Der Reporter besaß offensichtlich nicht viel Humor. «Wer steckt denn nun hinter Nis Puk?», bohrte er nach.

Klaas sah ihn ausdruckslos an. «Wer dahintersteckt? Nis Puk ist Nis Puk, und das seit Jahrhunderten.»

«Ja, aber ...»

«Du glaubst das nicht?»

«Sie doch wohl auch nicht, oder?»

«Kannst du bis ans Ende des Ozeans gucken?»

«Natürlich nicht.»

«Und woher willst du dann wissen, dass es keine Trolle gibt?»

Klaas lief zu Höchstform auf, herrlich!

In diesem Moment rief Torin an.

«Schon mitbekommen?», rief er. «Wir sind Medien-Stars – wenn auch nur heimlich.»

Carola lachte. «Ich staune auch gerade.»

«Es war das Beste, was ich seit langem in meinem Leben gemacht habe», sagte er.

«Ohne dass du den Koffer am Strand gefunden hättest, wäre das nicht möglich gewesen.»

«Ohne deine Idee mit den Umschlägen auch nicht. Ich hätte Rick den Koffer wahrscheinlich zurückgegeben.»

«Anscheinend hatte an höherer Stelle jemand etwas dagegen», meinte Carola.

«Das feiern wir noch, ja?»

«Aber ja!»

Als sie auflegte, fühlte sie sich einfach nur gut.

Nach dem Frühstück ging Carola hinüber zum Friesendom. Sie kniete sich in die Bank vor dem Altar, um in sich zu gehen und zu beten.

«Carola?», rief eine Frauenstimme hinter ihr.

Jetzt erst entdeckte sie Birgit. Sie staubte gerade akribisch die Kanzel ab, von der aus Carola in wenigen Tagen das Weihnachtsevangelium verlesen würde.

«Bist du so schnell wieder gesund?», rief Carola.

Birgit winkte ab. «Das war nur eine harmlose Erkältung.»

«Trotzdem solltest du dich schonen.»

«Ich kann nicht zu Hause rumsitzen und nichts tun.»

«Gib dir wenigstens ein bisschen Zeit.»

Birgit hatte offenbar niemandem gesagt, dass sie auch einen Brief bekommen hatte, deswegen war sie auch nicht in den Beiträgen zu sehen gewesen. Ob sie ihre Mietschulden bei Rick schon beglichen hatte? Carola konnte sie leider nicht fragen, das wäre zu auffällig gewesen.

«Sag mal …», meinte Birgit. «Wegen Nis Puk …»

«Ja?»

«Hinter den Briefen steckst nicht zufällig du?»

Carola hoffte, dass man ihr den Schock nicht ansah. «Wie kommst du darauf?»

«Na, du zählst zu den wenigen, die von meiner Lage wussten.»

«Plus noch ein paar andere, oder?»

«Ja, das stimmt.»

Carola wollte nicht mehr lügen als unbedingt notwendig, aber erst einmal musste sie sich dumm stellen. «Heißt das, du hast auch einen Umschlag bekommen?»

«Du weißt wirklich nichts davon?»

Carola schüttelte den Kopf.

Da begann Birgit einen Freudentanz auf der Kanzel. «Es lebe Nis Puk! Es lebe Nis Puk! Er hat mich gerettet.»

Carola grinste.

«Einige sagen, es ist bewiesen, dass Greta die Briefe verteilt hat», sagte Birgit.

«Wer denn nun: ich oder Greta?»

«In einigen Umschlägen lagen Bücher aus ihrer Buchhandlung.»

«Ah ja.»

«Mir ist es egal, ich bin froh, dass der Albtraum für mich und die Kinder vorbei ist!»

«Das sollten wir feiern», meinte Carola.

«Gerne.»

«Was machst du Heiligabend?»

«Bescherung mit den Kindern, was sonst?»

«Wenn du Lust hast, ich veranstalte ein Festessen in der kleinen Inselbuchhandlung.»

«Nee», sagte Birgit. Es klang ziemlich entschieden.

«Warum nicht? Es ist urgemütlich neben dem Bollerofen.»

«Weißt du, wir sind so froh, dass wir nun doch in unserer Wohnung bleiben können. Dann wollen wir da auch Heiligabend feiern.»

Auch wenn sie das verstehen konnte, war Carola ratlos. Mit ihren Einladungen kam sie einfach nicht weiter.

Dass ihre Freundin Greta in Verdacht geraten war, die Person hinter Nis Puk gewesen zu sein, gefiel Carola gar nicht. Sie ärgerte sich über ihre Unaufmerksamkeit: Die Aufkleber der kleinen Inselbuchhandlung auf dem Buchrücken hatte sie übersehen. Der Heidi-Roman für Traute sollte nur eine nette Geste gewesen sein, genauso die Bücher für Birgits Kinder. Sie fuhr auf direktem Wege zur Buchhandlung.

Keikes Mutter Nicole stand gerade an der Kasse und sprach es offen aus: «Gib es zu, Greta, *du* steckt hinter den Briefen!» Sie lächelte. «Es kann gar nicht anders sein, du bist Nis Puk!»

Greta war sprachlos.

Als sie Nicole verabschiedet hatte, ging sie mit Carola

nach hinten ins Antiquariat und ließ sich auf den Sessel neben ihr plumpsen.

«Und?», fragte Carola. «Warst du es?»

Sie kam sich bei der Frage ein bisschen schäbig vor. Irgendwann würde sie ihrer besten Freundin die Wahrheit gestehen. Aber noch wurde alles zu heiß gekocht.

«Jetzt fängst du auch noch damit an!»

«Auf jeden Fall hat Nis Puk im Laden ein Buch gekauft, das ist doch nett von ihm.»

«Ich überlege die ganze Zeit, wer es gewesen sein könnte», seufzte Greta. «Aber im Advent war zu viel los, ich kann mich nicht erinnern, wer die Bücher gekauft hat.»

«50 cm groß, rote Haare, der müsste dir doch aufgefallen sein.» Carola grinste.

«Moin!» Ellen kam herein und setzte sich zu ihnen. Sie war nicht im Dienst und trug heute schwarze Jeans und einen Winterparka. «50 cm groß, rote Haare?», rief sie. «Das ist Pumuckl, aber nicht Nis Puk. Die sind nicht miteinander verwandt.»

«Wie sieht Nis Puk überhaupt aus?», erkundigte sich Greta.

«Weiß keiner genau.» Ellens Augen blitzten. «Manche meinen sogar, dass es ihn in Wirklichkeit gar nicht gibt.»

«Das kann nicht sein», widersprach Carola.

«Und das aus dem Mund einer Pastorin!», rief Ellen amüsiert.

«In Wirklichkeit soll ich ja die unbekannte Spenderin gewesen sein», sagte Greta.

«Warst du es denn?», fragte Ellen.

Greta verdrehte die Augen. «Nein! Aber ich finde es toll, dass diese Person Bücher aus meinem Laden mitgegeben hat. Das hat Stil.»

«Ein Troll und Gentleman!»

Greta wandte sich an Carola. «Wie sieht es mit deiner Weihnachtsfeier hier im Antiquariat aus? Wie viele Leute werdet ihr?»

«Wir werden ein volles Haus haben», behauptete Carola mit bebender Stimme.

Es waren noch acht Tage bis Weihnachten, und bisher hatten alle abgesagt: Kai, Hinnerk, Birgit plus Kinder. Noch wollte Carola nicht aufgeben. Was war schlimm an einem gemeinsamen Heiligabend, wenn man alleine war? Das kapierte sie einfach nicht!

Eins war klar: Egal, wie viele Leute am Ende kämen. Wenn das Fest noch stattfinden sollte, musste sie langsam anfangen, das Essen und die Deko vorzubereiten.

16.

Mit dem Wagen fuhr Carola über die rutschigen Straßen zum äußersten Westen der Insel. Wiebkes Pension befand sich gleich hinter dem eingeschneiten Deich. Kais Aufgabe war es dort, das Frühstück für die Gäste zuzubereiten und die Zimmer zu putzen. Carola wollte es ein letztes Mal bei ihm probieren. Kai war nicht nur ein Garant für gute Stimmung auf jeder Party, sondern auch ein herausragender Koch. Er konnte unmöglich den Heiligabend lieber alleine vor der Glotze verbringen.

Er fegte gerade den Neuschnee vom Hof, als sie mit ihrem Skoda vorfuhr.

«Moin, Kai.» Sie stieg aus.

«Moin, Frau Pastorin.»

«Ohne Weihnachtsmannkostüm erkenne ich dich kaum noch.»

Er grinste. «Zwischendurch verkleide ich mich gerne mal als normaler Mensch.»

«Steht dir beides.» Sie berührte ihn leicht am Unterarm. «Ich wollte dich noch mal zu meiner Party an Heiligabend einladen.»

«Bist du immer noch auf der Suche nach verlorenen Seelen?»

«Ja.»

«Du lässt nie locker, was?»

«Wieso sollte ich auf einen tollen Abend mit gutem Essen verzichten?»

«Mann, Carola, ich habe dir doch gesagt, was ich davon halte. Ich brauche so was nicht.»

«Um ‹brauchen› geht es gar nicht.»

«Sondern?»

«Um Spaß.»

«So.»

«Dazu würde ich gerne den besten Koch der Insel engagieren – und das bist nun mal du.» Sie wusste, dass Kai sich dadurch geschmeichelt fühlte. Es war nicht mal gelogen.

«Danke für das Angebot.»

Das war es dann wohl endgültig.

«Schade, ich hätte mich gefreut. Natascha kommt übrigens auch.» Vielleicht lockte ihn ja die schöne Bedienung aus dem Café Steigleder. Allerdings hatte Carola sie noch nicht gefragt. «Also, vielleicht …», fügte sie schnell hinzu.

«Natascha?»

Sie schien Kai zu gefallen. Ein Hoffnungsschimmer?

Eine halbe Stunde später schlenderte Carola auf der Promenade zum Café Steigleder. Das Traditionsgeschäft gab es seit über hundert Jahren, es war auf der Insel eine Institution. Carola liebte den Geruch nach frisch gebackenem Kuchen und Kaffee, aber auch die altmodische Einrichtung. Sie setzte sich an einen Tisch im hinteren Teil des Raums, in dem sich heute nur eine Handvoll Gäste aufhielt. Die blonde Natascha kam an ihren Tisch, um die Bestellung aufzunehmen.

«Was kann ich für Sie tun, Frau Pastorin?»

«Hallo, Natascha. Ich habe dir schon mal gesagt, wir können uns gern duzen.»

«Gut, äh, also, was kann ich für ihnen tun?»

«Dich.»

«Mich?»

Carola lächelte. «Ich möchte dich Heiligabend einladen.»

Natascha wirkte erstaunt. «Wozu?»

«Ich feiere mit ein paar anderen in der kleinen Inselbuchhandlung Heiligabend.»

«Mit deiner Familie?»

«Nein, meine Eltern sind schon lange gestorben, und ich bin Einzelkind.»

«Das ist traurig», murmelte sie.

«Du hast in Lettland bestimmt eine große Familie, oder?»

«Sechs Schwestern und 33 Cousinen und Cousins.»

«Kennst du die alle mit Namen?»

«Aber ja!»

«Und fährst du am 24. zu ihnen?», erkundigte sich Carola.

«Nein, wir skypen Heiligabend.»

«Dann kannst du ja bei uns mitfeiern.»

«Ich bin an eurem Heiligabend gerne alleine. Wir Orthodoxen feiern ja erst am 6. Januar.»

«Keine Chance?»

«Nein, vielen Dank.»

Es musste anscheinend ein Riesenwunder passieren, bevor irgendjemand zu ihrem Festessen käme.

Inzwischen war die Dunkelheit über die Insel hereingebrochen. Carola machte sich auf den Weg zurück zum

Friesendom. Sie war frustriert. Sollte sie sich ihre Niederlage nicht besser eingestehen? Stattdessen machte sie vor ihrem Haus noch einen Schlenker und bog auf einen Feldweg in die verschneite Marsch ab. Es tat gut, durch die unendliche, weiße Ebene zu fahren.

Ein Wagen hinter ihr nahm denselben Weg, die Scheinwerfer folgten ihr. Erst dachte sie, es wäre Zufall, aber das konnte nicht sein. Da verfolgte sie jemand! Aber wieso? Föhr war nicht Sizilien, hier gab es keine Mafia, jedenfalls bis jetzt nicht.

Sie hielt an. Die Scheinwerfer hinter ihr stoppten ebenfalls in einiger Entfernung, dann wurden sie ausgestellt. Sollte sie umdrehen und direkt auf ihren Verfolger zufahren, um ihn zur Rede zu stellen? Lieber gab sie Vollgas, soweit das mit dem kleinen Skoda möglich war. Die Straßen waren extrem glatt, der Wagen schlingerte. Sie raste an der Mühle in Oldsum vorbei und bretterte weiter durch die Marsch. Auf den ersten Blick konnte man annehmen, dass in dieser Ebene alles übersichtlich war, aber in der Nacht wurde die Marsch zum Labyrinth. Zum Glück kannte sie sich gut aus.

Ihr Verfolger blieb mit einigem Abstand an ihr dran. An einer Wegkreuzung stellte sie das Licht aus und fuhr langsam über einen unbeleuchteten Seitenweg weiter. Der zugeschneite Weg war kaum zu erkennen, mehrmals wäre sie fast im Graben gelandet. Erleichtert sah sie, wie ihr Verfolger in die falsche Richtung weiterfuhr. Es war ein Geländewagen mit Armee-Tarnfarben: Rick!

Was wollte der von ihr? Hatte er die Sache mit dem Koffer rausbekommen? War sie aufgeflogen? Hatte sie doch jemand in der fraglichen Nacht gesehen? Oder wollte er ihr nur Angst einjagen? Das Geld würde er nie wiedersehen, das war längst weg. Und vor einer Anzeige musste sie keine Angst haben, die Kohle war illegal und blieb es auch.

Als sie wieder in Nieblum war, ging sie nicht in ihre Wohnung, sondern setzte sich im Friesendom vor den Altar. Hinter den dicken Mauern fühlte sie sich beschützt. Aber das war ein Trugschluss.

«Hab ich dich!»

Sie drehte sich um. Vor ihr stand Rick.

Er hatte seine modische Skijacke geöffnet und trug eine angesagte Wollmütze.

Anscheinend wusste er selber nicht, was er wollte: Erst verfolgte er sie, dann suchte er sie auf?

«Willkommen im Friesendom», grüßte sie freundlich. «Warum nicht gleich so? Hier bin ich öfter zu finden als in der Marsch.»

«Du kannst mich mal!», zischte er und blieb mit verschränkten Armen neben ihr stehen.

«Hey, das ist immer noch ein Gotteshaus!», mahnte sie.

«Mit einer gottlosen Pastorin», hielt er dagegen.

Das wollte Carola nicht auf sich sitzenlassen. «Oh, habe ich etwa gesündigt?»

«Was denn sonst?»

«Das beweist, dass auch ich nur ein Mensch bin.»

Ihre Blicke trafen sich wie bei einem Duell.

«*Du* kommst bestimmt nicht in den Himmel!»

Sie neigte den Kopf zur Seite. «Dir geht es doch nicht um Sünde, sondern um dein Geld.»

«Das du dir unter den Nagel gerissen hast.»

«Wieso? Du hast alles wiederbekommen.»

«Es war viel mehr im Koffer.»

«Davon weiß ich nichts.»

«Du hast das Geld genommen und an die Armen verteilt!»

Sie schüttelte den Kopf.

«Von wem hast du den Koffer bekommen?»

«Ich darf und werde niemanden verraten.»

«Hauke von der Meierei hat dich draußen auf der Straße gesehen. Frühmorgens um vier, zusammen mit einem Typen.»

«Mein Privatleben geht dich nichts an.»

«Von wegen Privatleben! Du hast da *mein* Geld verteilt.»

«Das hättest du wohl gerne. Sei froh, dass du den Koffer überhaupt zurückbekommen hast. Normalerweise würde der jetzt auf dem Grund der Nordsee liegen, und deine Scheine hätten sich längst im Wasser aufgelöst.»

«Du wusstest von Ellen, dass ich bei der Polizei dreitausend angegeben habe.»

«Die du vollständig wiederbekommen hast, also was willst du?» Sie schaute ihm in die Augen. «Moment, behauptest du etwa, da war mehr drin?»

«Du bist eine grottenschlechte Schauspielerin.» Er verzog das Gesicht.

«Geh zur Polizei und erstatte Anzeige», schlug Carola vor. «Warum machst du das nicht?»

Schweigen.

Sie zog die Augenbrauen hoch. «Hey Rick, im Koffer war jetzt aber kein Schwarzgeld, oder? Das wäre ja illegal …»

«Heuchlerin.»

«Was hat dein Schwarzgeld mit dem Troll zu tun? Wenn du mich fragst, ist das eine Verschwörungstheorie von dir.»

«Hör doch auf! Wer wusste denn von Birgit und davon, dass die Tafel Gefriertruhen braucht? Da kommst nur du in Frage!»

Insgeheim gab sie ihm recht. Und die schönste Pointe an der Aktion war für Carola, dass Birgit ihre Mietschulden bei Rick mit *seinem* Geld beglichen hatte.

«Und?»

«Weißt du, ich verdiene mein Geld nicht damit, dass ich Arme abzocke. Meine Kunden sind Leute, die zu viel Kohle haben. Das ist moralisch vollkommen einwandfrei.»

«Natürlich.»

«Hallo? Gott sagt aber auch, du sollst nicht stehlen. Oder, Carola?»

«Das gilt genauso für dich.»

Er lachte auf. «Von wem sollte ich denn Geld gestohlen haben?»

«Von uns allen, oder anders ausgedrückt: vom Staat.»

«Vielleicht hätte ich es ja noch versteuert?»

Sie schwieg.

«Weißt du's?»

«Kann ich sonst noch was für dich tun?», erkundigte sie sich.

«Ich will mein Geld zurück.»

«Das sagtest du bereits.»

«Damit kommst du nicht durch! Ab jetzt wirst du keine ruhige Minute haben, das verspreche ich dir.»

Und damit stapfte er aus dem Dom.

Carola setzte sich auf eine Kirchenbank vor den Altar. Jetzt wurde sie plötzlich doch unsicher. Sie wollte keinen Ärger bekommen, aber den würde Rick auf jeden Fall machen. Wenn es um Finanzen ging, verstand er keinen

Spaß. Nicht, dass er ihr Gewalt antun würde. Er würde andere Wege finden, ihr zu schaden. Und sei es nur, dass er die Gerüchteküche anheizte.

Sie wollte auf gar keinen Fall, dass unter den Insulanern auch nur der Hauch eines Verdachts aufkam, ihre Pastorin sei eine Diebin. Carola zückte ihr Handy und wählte Torins Nummer.

«Moin, Carola», kam es aus dem Hörer.

Seine Bassstimme beruhigte sie sofort.

«Rick ist mir auf die Spur gekommen.»

Kurze Pause am anderen Ende der Leitung.

«Will er dich anzeigen?», fragte er.

«Das kann er nicht, ohne selber Ärger zu bekommen. Immerhin hat er die Polizei angelogen. Sein Betrug ist meine Versicherung.»

«Trotzdem Mist, oder?»

«Besonders als Pastorin. Ich brauche jetzt einen guten Plan, wie man verhindern kann, dass er mich schlechtmacht.»

Sie hoffte auf Torins Unterstützung, ohne dass sie ihn bitten musste.

«Lass uns darüber reden.»

«Aber nicht am Telefon», bat Carola.

«Du hast recht. Wann treffen wir uns?»

«Morgen früh um neun auf der Hallig?»

«Ich hole dich am Steg ab.»

Es tat so gut, dass sie das nicht alleine durchziehen musste. Hoffentlich kamen sie und Torin da heil wieder heraus.

17.

Die Morgenluft auf hoher See war klar und frostig. Carola durchschnitt mit der Fering Engel den blauen Himmel, der sich im stillen Wasser spiegelte. Ein paar Austernfischer kreuzten über dem Boot ihren Kurs, es roch nach Meersalz. Sie hielt auf das Seezeichen mit dem durchgestrichenen Anker zu.

Im kleinen Hallighafen wartete Torin bereits am Steg auf sie. Er trug wieder seine dunkelblaue Jacke, die ihm im Tageslicht noch besser stand als in der Nacht. Ihr Herz pochte prompt ein paar Takte schneller. Sein Bart war gestutzt, die Haare leicht gekürzt. Schnitt er sie selbst, oder gab es jemanden auf der Hallig, der das professionell machte? Auf jeden Fall wirkte er so *noch* jünger. Sie warf ihm eine Leine zu, die er routiniert mit einem Seemannsknoten am Poller befestigte.

«Moin, Carola», grüßte er.

«Moin, Torin.»

Sie sprang an Land, und sie umarmten sich kurz. Wieder eine Jacken-Umarmung, dachte Carola, aber sie tat gut. Torin ließ sie spüren, dass sie nicht allein war.

Er war mit dem Unimog gekommen, sodass sie nicht laufen mussten.

«Ich muss dich vorwarnen», sagte er, als er den Motor startete. «Auf unserer Warft hat sich ein Wunder ereignet.»

«Hört sich gut an.»

«Ist es auch. Aber wir haben deswegen eine Menge Arbeit an der Backe.»

«Was ist passiert?»

«Stell dir vor, Moma ist wieder fit.»

«Wie soll ich das verstehen?»

«Sie hat ihr Bett verlassen und läuft wieder im Haus herum.»

Carola lächelte. «Wie schön!»

Torin nickte. «Keiner hat damit gerechnet, am wenigsten ihr Hausarzt.»

«Toll.»

«Das Blöde ist nur, dass Moma in einer ganz anderen Zeitrechnung lebt.»

Carola überlegte kurz. «Verstehe, Heiligabend war vor einer Woche – Moment, dann ist heute für sie Silvester?»

«So ist es. Eine Lüge folgt der nächsten.»

«Warum Silvester nicht mal verschieben?»

«Na ja, so einfach ist das nicht. Bei uns auf der Hallig wie auf den Inseln gibt es ja das ‹Ütj-to-kenknen›.»

Das Kenknen hatte Carola gleich in ihrem ersten Jahr auf der Insel kennengelernt. Verkleidete Jugendliche zogen am Silvesterabend von Haus zu Haus und sangen zu gängigen Melodien selbstgedichtete Lieder. Dann wünschten sie «Fröölek nei juar» und zogen ihre Masken herunter. Als Dankeschön gab es von den Hausbewohnern Süßigkeiten für die Kleinen und Hochprozentiges für die Erwachsenen.

«Wie macht ihr das jetzt?»

Torin sah angestrengt aus. «Einige Bekannte von der Nachbarhallig kommen zum Kenknen.»

«Denen müsst ihr dann aber auch sagen, dass sie am richtigen Silvesterabend nicht noch mal kommen.»

«Ja, das haben wir schon geklärt.»

«Und wenn ihr Annerose einfach die Wahrheit sagt?»

«Das traut sich keiner. Sie hat sich so sehr über ihre Geburtstagsfeier gefreut, sie redet die ganze Zeit von nichts anderem.»

«War auch nur so ein Gedanke …»

«Irgendwann pendeln wir uns wieder auf den echten Kalender ein.»

Carola grinste und blickte auf die schneebedeckte, flache Halliglandschaft mit den Reetdachhäusern auf den Warften. Es sah friedlich und idyllisch aus.

Im Hausflur kam ihr Annerose quietschfidel in geblümtem Kleid und mit Hütchen auf dem Kopf entgegen. Sie war noch etwas wacklig auf den Beinen, aber guter Dinge.

«Moin, Frau Pastorin!», rief sie und blies in eine Luftschlange. Carola staunte, ihr Zustand war wirklich ein Wunder!

«Moin, Annerose, wie schön, dich zu sehen.»

Annerose legte kokett den Kopf zur Seite. «Dachtest du, ich gehe schon zum lieben Gott? – Das hat noch Zeit!»

Carola freute sich für sie, fürchtete sich aber auch ein bisschen: Wie stand sie selbst da, wenn herauskam, dass auch sie gelogen hatte? «Na, denn man too.»

In der Küche stand Jens auf einer Leiter und brachte Papiergirlanden über dem Esstisch an. «Moin, Carola, hier ist was los, siehst ja.»

«Was ist mit dem Weihnachtsbaum? Muss der nicht auch weg?», erkundigte sie sich.

«Den lassen wir immer bis zu den Heiligen Drei Königen stehen, dann kommt er in den Ofen», erklärte Annerose.

Torin lotste Carola in sein Zimmer, das an eine Kajüte erinnerte: ein Bett, ein Schrank, ein Tisch mit Laptop, zwei Stühle. Und ein Klavier, auf dem unzählige Noten gestapelt waren. Über dem Bett hing ein Nolde-Kunstdruck, das Original hatte sie im Kunstmuseum der Insel gesehen. Es trug den Titel «Meer mit zwei kleinen Dampfern». Mehrere angedeutete Dampfschiffe durchkreuzten gelbliche und dunkle Farben, der Übergang vom Meer zum Himmel war nicht zu erkennen, die Schiffe schienen zu schweben und gleichzeitig tief ins Wasser einzutauchen. So ähnlich hatte sie es gerade bei der Überfahrt mit ihrer Fering Engel empfunden.

Im Raum war ganz schwach Torins Duft zu riechen, Amber mit einem Hauch Vanille. Carola setzte sich auf den Klavierhocker, Torin schnappte sich den Schreibtischstuhl.

«Ich finde unsere Aktion auch im Nachhinein noch grandios», sagte er.

«Ich auch! Aber was mache ich mit Rick? Ich möchte nicht, dass er überall rumerzählt, ich hätte ihn beklaut.»

Torin zuckte mit den Achseln. «Lass ihn doch quatschen, er hat keine Beweise.»

«Trotzdem schadet es mir.»

«Meinst du, die Leute glauben einem Makler mehr als einer Pastorin? Außerdem ist sein Geld ja bei den Richtigen gelandet.»

«Wie ich Rick kenne, wird er keine Ruhe geben.»

«Notfalls erstattest du Anzeige gegen ihn wegen Verleumdung.»

«Nee, als Pastorin muss ich das anders regeln.»

«Da hast du wohl recht.» Er überlegte einen Moment. «Und wenn ich einspringe und mich als Nis Puk bekenne?»

«Nein, ich will dich da nicht mit reinziehen.»

«Wieso nicht? Ich bin genauso schuldig wie du!»

«Ich muss mich sowieso erst mal um andere Dinge kümmern. Zum Beispiel möchte ich nach dem Weihnachtsgottesdienst ein Festessen für alle organisieren, die an diesem Abend sonst alleine wären.»

Einen letzten Versuch würde sie noch starten.

«Was ist mit deiner Familie?», erkundigte sich Torin.

«Meine Eltern leben nicht mehr, und Geschwister habe ich keine.»

Er sah sie mit großen Augen an. «Keine Onkel und Tanten?»

«Meine Eltern waren auch beide Einzelkinder.»

«So etwas gibt es?»

Carola lachte. «Eigentlich nicht, außer in meiner Familie. Deshalb will ich Heiligabend gerne mit Schicksalsgefährten feiern.»

«Das heißt, du lädst alle Einzelkinder der Insel ein?»

«So ungefähr. Aber ich habe noch nichts besorgt, wir haben noch nicht mal einen großen Tisch.»

«Für wie viele Leute?», fragte Torin.

«Zehn bis zwölf.» Was mehr als optimistisch gerechnet war. Wo sollten die plötzlich herkommen?

«Oh, wie beim Abendmahl. Einen Tisch kannst du von mir haben.»

Es klopfte an der Tür, und Annerose steckte ihren Kopf herein.

«Kommt ihr zum Bleigießen?», rief sie.

Da konnten sie nicht nein sagen. Zu dritt setzten sie sich an den Küchentisch.

Annerose holte eine Schnapsflasche aus dem Kühlschrank. «An Silvester darf ich einen Lütten nehmen, sagt Dr. Weber.» Sie goss drei kleine Gläser voll. «Na, denn prost.»

Torin und Carola erhoben ebenfalls ihr Glas. «Prost!»

Annerose schaltete einen dunkelbraunen Kassettenrekorder neben dem Herd ein. So ein altmodisches Gerät hatte Carola ewig nicht gesehen. Annerose drehte voll auf. Über die quäkigen Lautsprecher dröhnte «Ich will 'nen Cowboy als Mann» von Gitte Haenning. Ein Schlager aus den Sechzigern, den Carola von ihrer eigenen Oma kannte.

«Gitte ist meine Lieblingssängerin», schwärmte Annerose.

Während Gitte vom Cowboy sang, von dem sie wusste, dass er küssen konnte, hielten sie nacheinander ihre silbernen Löffel über die Kerze. Als Erstes warf Torin sein Blei in die Schüssel.

«Was soll das sein?», rätselte er, als er den Klumpen herauszog.

«Glück in der Liebe, mein Junge», befand Annerose.

Es folgte Carola. Ihr Bleigebilde erinnerte an die Umrisse von Island. «Heißt das, ich fahre im neuen Jahr dorthin?»

«Kann sein», antwortete Annerose. «Aber auch bei dir sehe ich Glück in Liebesdingen.»

«Woran erkennst du das?», fragte Carola amüsiert.

Annerose legte ihre knöcherne Hand auf ihren Unterarm. «Ich habe einfach ein paar Jahrzehnte mehr auf der Uhr als du.»

«Und jetzt du, Moma!», rief Torin.

Anneroses Bleiklumpen war ebenfalls diffus.

«Ich sehe zehn Jahre mehr Lebenszeit!», rief Carola.

«Mehr nicht?», rief Annerose empört.

Alle lachten.

Torin stand auf. «Komm, Carola, ich zeige dir den Tisch.»

Sie gingen in die Scheune. Torin schaltete das Licht an. Hier standen ein Traktor und verschiedene landwirtschaftliche Geräte, in einer Ecke lehnten quadratische Tischelemente aus Alu mit ausziehbaren Füßen an der Wand.

«Die Teile kannst du mitnehmen, die brauchen wir nur im Sommer für draußen. Mit einer friesisch-blauen Tischdecke sehen die richtig edel aus. Wir können sie auf dem Unimog mitnehmen und auf dein Boot umladen.»

Sie war begeistert. «Vielen Dank!»

Es war absurd: Nun hatte sie einen Tisch, aber es fehlten Menschen, die daran sitzen wollten. War es trotzdem ein Anfang?

«Ich muss dann mal wieder», sagte Carola.

Da erschien Annerose in der Scheunentür. «Willst du nicht mit uns Silvester feiern?», fragte sie.

«Tut mir leid, ich bin schon drüben auf der Insel verabredet.»

Schön wäre es ja.

«Wie du meinst. Aber auf der Hansen-Warft werden zu Silvester die wildesten Partys gefeiert, da verpasst du was!»

Carola freute sich, wie aufgekratzt Annerose war.

Zusammen mit Torin lud sie die Tischelemente auf die Ladefläche des Unimogs. Am Hafensteg schleppte Torin sie auf ihr Boot und schnallte sie mit ein paar Spanngurten fest. Carola schaute aufs Meer, über das sich gerade die Abenddämmerung legte. Der Himmel leuchtete feuerrot, durchzogen von lavendelfarbenen Wolkenstreifen. Sie ließ ihre Gedanken über das Wasser bis zum Horizont schweifen. Irgendetwas Wichtiges hatte Torin über Rick gesagt, doch sie bekam es nicht gleich zusammen. Dann fiel es ihr wieder ein.

«Du hast vorhin behauptet, dass die Leute einer Pastorin mehr glauben als einem Makler», sagte sie.

«Klar, eine Pastorin, die Geld klaut, kann sich keiner vorstellen. Bei einem Makler sieht das ganz anders aus.»

«Du hast noch etwas gesagt», überlegte Carola laut. «Über Rick und das Geld.»

«Dass es letztlich Ricks Geld war, das den Menschen geholfen hat», sagte Torin.

Carola klatschte in die Hände. «Mir ist gerade eine super Idee gekommen, wie wir Rick endgültig von der Backe kriegen.»

«Erzähl!»

Sie winkte ihn zu sich und flüsterte ihm etwas ins Ohr.

Torin hielt sich den Bauch vor Lachen. «Genial», rief er. «Wie kommst du nur auf so eine Wahnsinnsidee?»

18.

Carola saß frühmorgens vor dem Altar des Friesendoms und blickte Johannes dem Täufer ins Antlitz. Als Wiedergutmachung für ihre Sünden wollte sie Gutes tun. Der Verdacht gegen sie wegen des fehlenden Geldes aus Ricks Koffer sollte an diesem Tag für alle Zeiten beendet werden. Gleichzeitig sollte Rick die Barmherzigkeit Gottes erfahren, daran war ihr viel gelegen. In ihm steckte, wie in jedem Menschen, ein guter Kern, davon war sie überzeugt. Das Freudenfeuer, das sie für ihn entzünden wollte, sollte höher flackern als das traditionelle Biikebrennen am Ende des Inselwinters.

Ihre erste und wichtigste Station war die Nachrichtenzentrale der Insel, ihr Bäcker an der Hauptstraße.

Heidrun bediente sie wie jeden Morgen.

«Moin, Carola – wie immer?»

«Jo.»

«Sollst du bekommen.»

«Und sonst?», erkundigte sich Carola.

«Alles gut.»

Sie nahm ein Glas selbsthergestellte Johannisbeermarmelade aus dem Regal und stellte es auf den Tresen. «Und, sind inzwischen noch mehr Geldbriefe aufgetaucht?»

Heidrun schüttelte den Kopf. «Davon hätte ich gehört. Oder hast du irgendwas was mitbekommen?»

Auf das Stichwort hatte Carola gewartet. «Nee, nicht wegen der Briefe. Aber von Nis Puk höchstpersönlich.»

«Du hast einen leibhaftigen Troll getroffen?» Heidrun lachte.

«Ich nicht, aber drei Insulaner haben ihn unabhängig voneinander gesehen.» Sie wollte auf Nummer sicher gehen: Drei Zeugen auf einmal konnten nicht irren!

«Wer steckt denn nun dahinter?», fragte Heidrun und fixierte sie.

Carola hatte sie am Haken, das spürte sie.

«Ich kann nur eins verraten: Er verdient auf der Insel eine Menge Geld mit Häusern.»

«Ein Makler?»

Carola räusperte sich. «Von mir hast du das nicht.» Was eine unmissverständliche Aufforderung zum Weitertratschen war.

«Klar.» Die Bäckersfrau zwinkerte ihr zu.

«Er wollte etwas an die Armen zurückgeben.»

Das genügte Heidrun natürlich noch nicht, sie brauchte einen Namen! «Wer?», keuchte sie.

«Ich sag nur so viel: Er ist noch gar nicht so alt.»

Es war bekannt, dass Rick der jüngste Makler auf der Insel war.

«Jan Rickleffs?», fragte Heidrun.

Carola hob abwehrend die Arme. «Ich habe schon mehr gesagt, als ich darf.»

«Echt? Rick?»

Heidrun hatte über der Neuigkeit ihre Brötchen vollkommen vergessen.

«Ein Mohn und ein Helles bitte, wie immer», sagte Carola und zückte ihr Portemonnaie.

«Klar.»

Als sie die Bäckerei verließ, war Carola zufrieden. Mit wenigen Worten hatte sie ein Lauffeuer entzündet, das die gesamte Insel noch am selben Vormittag erfassen würde. Wenn sie es an ein paar anderen Orten absicherte, ging es noch schneller.

Nach einem kurzen Frühstück fuhr Carola ins Gewerbegebiet. Klaas Broder packte gerade im Lager der Tafel Äpfel in große Papiertüten, die er den Bedürftigen später in die Hand drücken wollte.

«Wo geit di dat?», grüßte sie.

«Bestens.»

«Klingt gut.»

Er sah sie an. «Dass du die Gefriertruhen besorgt hast, werden wir dir nie vergessen.»

Carola winkte ab. «Da musst du dich bei Fiete bedanken, dass der sie so günstig rausgerückt hat.»

«Nachdem *du* ihn in die Mangel genommen hast. Natürlich sind wir vor allem dem anonymen Spender dankbar. Ohne das Geld hätten wir die Truhen nie kaufen können.»

«Anonym ist er nicht mehr», raunte Carola.

Klaas sah sie erstaunt an. «Nicht?»

«Hast du es etwa noch nicht gehört?»

«Nee.»

«Jan Rickleffs steckt dahinter.»

«Rick? Dieser Bengel?» Klaas schüttelte den Kopf. «Niemals!»

«Es gibt welche, die gesehen haben, wie er die Umschläge verteilt hat.»

«Echt jetzt? Den habe ich immer für einen geldgeilen Schnösel gehalten.»

«So kann man sich irren.»

«Allerdings.»

Carola verabschiedete sich schnell und machte sich als Nächstes auf den Weg zur Strandpromenade. An Sylkes Stehtisch stieß sie erwartungsgemäß auf Elektrohändler Fiete. Er blickte tief in sein Manhattan-Glas.

«Willst du wieder was umsonst haben?», fragte er mürrisch, als sie sich zu ihm stellte.

«Keine Angst, dieses Jahr nicht mehr.»

«Ein Glück.»

«Der von Fiete geht auf mich», rief Carola der Bedienung zu. «Ich nehme auch einen.»

«Wie komme ich zu der Ehre?», fragte Fiete.

«Du hast dein Geld für die Gefriertruhen doch bekommen, oder?»

«Aber ja.»

Die Differenz zum normalen Verkaufspreis konnte er von der Steuer absetzen, insofern war alles in Ordnung. Außerdem hatten ihn die gespendeten Gefriertruhen in die Zeitung und ins Fernsehen gebracht, das war beste Werbung für sein Geschäft.

«Du glaubst nicht, wer hinter Nis Puk steckt», sagte sie und erhob ihr Glas.

Fiete winkte müde ab. «Doch, Rick.»

Carola war verblüfft. Das Lauffeuer hatte sie auf ihrem Weg in die Inselhauptstadt also schon überholt.

«Anständiger Kerl, wenn du mich fragst», meinte Fiete. «Davon gibt es nicht viele. – Was sagt er selbst?»

«Er schweigt wie ein Grab. Offiziell bleibt es anonym.»

«Umso anständiger.»

Wohin Carola am heutigen Tag auch kam, alle redeten von der sensationellen Neuigkeit. Rick bekam davon nichts mit, sie hatte gehört, dass er geschäftlich in Hamburg war und erst morgen wiederkam. Bei seiner Rückkehr würde er sich wundern …

19.

Die Pastorin vom Friesendom wirbelt mein Leben gerade komplett durcheinander. Ich bin stinkesauer – und glücklich!

Sauer bin ich, weil ich sicher bin, dass sie mir ein paar tausend Euro aus dem Koffer gestohlen hat. Wer sonst sollte es gewesen sein? Ja, es war Schwarzgeld, na und? Wer mogelt denn in der Lohnsteuererklärung nicht ein paar Kilometer Arbeitsweg dazu? Wer meldet seine Putzfrau offiziell an? Legal – illegal – alle wollen nur irgendwie durchkommen. Es ist ja nicht so, dass ich ansonsten keine Steuern zahle, das mache ich sehr wohl, und nicht zu knapp!

Für Carola bin ich ein Paradebeispiel für einen herzlosen Geschäftsmann. Zugegeben, ich gebe gerne den bösen Jungen und sage manchmal Sätze wie «Wenn du einen Freund suchst, kauf dir einen Hund». Das ist ein Filmzitat. Die Bösen haben mir schon immer besser gefallen als die Guten, in «Joker» oder in «Taxi Driver» zum Beispiel. Das sind einfach die interessanteren Figuren. Aber die Pastorin nimmt solche Sprüche viel zu ernst.

Was ich allerdings ernst nehme, ist Geld. Und dafür gibt es Gründe. Ich weiß nämlich, wie es ist, keins zu haben. Ich bin auf der Insel aufgewachsen, mein Vater war Hausmeister in der Eilun Feer Skuul, meine Mutter Kassiererin bei Edeka. Heute bewege ich mich selbstverständlich zwischen Hamburger Reedern und

Topmanagern wie zwischen Inselklempnern und Tapezierern. Mit allen komme ich klar. Ich bin auf dem Boden geblieben und lasse mir so schnell nichts vormachen.

Die meisten meiner Schulkameraden haben nach dem Abi die Insel verlassen. Ich bin geblieben und habe mich Stück für Stück hochgearbeitet. Kein anderer Inselmakler vor mir ist auf die Idee gekommen, sich ein Rennboot zu kaufen, um die umliegenden Inseln und Halligen zeitnah bedienen zu können. Meine Kollegen kleben auf ihrer jeweiligen Inselscholle fest und schauen nicht weiter als bis zum nächsten Deich. Mit dem Rennboot habe ich mein Verkaufsgebiet und das Tempo vervielfacht, dadurch verdiene ich mehr als je zuvor. Und großen Spaß bringt es auch! Allein, wenn das Armaturenbrett aufleuchtet und der Motor anfängt, satt zu blubbern. Schon mit Anfang dreißig konnte ich mir eins der schönsten Häuser hier auf der Insel leisten, gleich neben dem Golfplatz, mit unverbaubarem Blick aufs Meer.

Meinen Eltern habe ich einen Bungalow auf La Palma geschenkt, sie sind glücklich. Ich wollte dort nie leben, ewige Sonne ist nicht meins, ich brauche zwischendurch auch mal Schietwetter.

Tja, und nun ist alles anders. Vorgestern komme ich von einem Geschäftstermin in der Hamburger Hafencity zurück. Ein Rentnerehepaar dort hat das Reetdachhaus gekauft, das ich mir letztens auf der Hallig gesichert habe. Unbesehen übrigens, sie vertrauen mir voll und ganz. Die beiden besitzen viel Geld und wollen es ausgeben, dabei habe ich gerne geholfen. Als ich mit meinem Wagen auf die Fähre zur Insel fahre, weist mich Matrose Ecki aus Dunsum ein und fordert mich auf, das Fenster zu öffnen. Dann sagt er: «Moin, Rick, bist ’n feiner Kerl.»

Ich verstehe gar nichts. Ecki redet sonst nicht mehr, als er muss, und jetzt macht er mir ein dickes Kompliment? Einfach so?

«Ja, äh, danke», sage ich und denke: «Was will der von mir?»

Es geht mir nicht aus dem Kopf, während ich auf der Fähre

nach oben ins Restaurant gehe. Dort bedient mich Suse Sonnenschein (sie heißt wirklich so, unglaublich, nicht?) und sagt als Erstes zu mir: «Danke für alles, was du getan hast.»

Erneut bin ich baff. «Was habe ich denn getan?», frage ich zurück.

Aber sie zwinkert mir nur verschwörerisch zu und sagt: «Dein Kaffee geht auf die Reederei.»

Worum geht es da? Um meine Geschäfte? Wohl kaum. Worum dann?

Als ich von Bord fahren will, dirigieren die Matrosen die anderen Wagen zur Seite, sodass ich mit meinem Landrover als Erster loskomme. Ich fahre an, und alle salutieren mit der Hand an der Mütze! Was mir völlig irreal erscheint, als sei ich Präsident von irgendwas. Oder ist das «versteckte Kamera»?

Nach der Ankunft auf der Insel muss ich noch schnell etwas auf dem Sandwall besorgen. Plötzlich kommt der Weihnachtsmann auf mich zu. Den kenne ich zufällig persönlich, im Kostüm steckt Kai, der in einer Pension in Oldsum arbeitet.

«Der wahre Geschenkebringer bist du!», sagt er zu mir. Dann will er ein Selfie mit mir machen.

Ist er vielleicht betrunken? Oder will er mich auf den Arm nehmen, und ich kapiere den Witz nicht? Ich mache das Foto nur, damit er Ruhe gibt. Er bleibt nicht der Einzige, und was das Unheimliche ist: Alle bedanken sich bei mir! Ellen und Greta kommen extra aus der kleinen Inselbuchhandlung gelaufen, um mir die Hand zu schütteln.

Dann treffe ich Klaas von der Tafel, für die ich hin und wieder gespendet habe (dieses Jahr zufällig mal nicht. Na ja).

«Danke für die Spende», sagt er.

«Was meinst du genau?»

«Schon gut, ich wollte es nur mal sagen.»

Auf meinem Handy sehe ich, dass Birgit Marquart ihre Miete

inzwischen nachgezahlt hat, das Geld hatte ich längst abgeschrieben. Auch sonst passieren unglaubliche Dinge: Beim Bäcker besteht Heidrun darauf, dass ich für meine Brötchen nichts bezahle. Ich höre, wie einige Insulaner hinter meinem Rücken wispern: «Rick hat bei all seinen Geschäften nie die Bedürftigen vergessen, das hat man nicht oft.»

Wahnsinn, für die bin ich ein friesischer Gandhi! Aber was habe ich getan?

Später erfahre ich vom alten Hinnerk an der Promenade endlich des Rätsels Lösung, und das ist wirklich unglaublich: Pastorin Carola erzählt überall rum, dass ich der anonyme Spender bin, der armen Leuten die Briefumschläge mit Geld unter der Tür durchgeschoben hat! Spinnt die jetzt total? Sie hat doch das Geld geklaut und verteilt, so wird ein Schuh daraus!

Das Irre ist aber: Sämtliche Insulaner glauben ihr! Und streng genommen hat sie ja recht: Es war mein Geld, das sie überall verschenkt hat. Und das bedeutet leider auch: Ich werde nichts davon wiedersehen.

Abends gehe ich wieder auf die Promenade, um etwas zu trinken. Zwischendurch habe ich einen Super-Deal mit einem Typen aus Flensburg abgeschlossen, auch der hatte Geld wie Heu. Ich habe ihm das Reetdachhaus neben meinem verkauft, mit Blick aufs Wattenmeer. Da waren auch zwei Schweizer dran, es gab einen Bieterwettbewerb. Beim Endpreis hat der Flensburger schwer geschluckt – aber brav unterschrieben.

Dörte Harms kommt mir entgegen, in einem engen, schwarzen Mantel, dazu trägt sie weiße Sneakers. Ich schmelze wieder einmal dahin. Für mich ist sie die schönste Frau der Insel, hellblond und blauäugig, hohe Wangenknochen. Warum so eine tolle Frau Single ist? Keine Ahnung!

Klar, Aussehen ist nicht alles, das weiß ich. Aber Dörte hat auch einen wunderbaren trockenen Humor und lässt sich nicht die Butter vom Brot nehmen. Ein bisschen ist sie wie Carola. Die fände ich übrigens auch attraktiv, wenn sie nicht gerade Pastorin wäre und überall mein Geld verteilen würde …

«Moin, Rick», sagt Dörte.

Ich habe es zweimal bei ihr probiert, und sie hat mich zweimal abblitzen lassen. Jetzt fragt sie mich, ob ich mit ihr etwas trinken würde. Einfach so!

Ich staune und sage natürlich «Ja».

Beim Manhattan in Sylkes Stehcafé sagt sie: «Ich finde es absolut bewundernswert, was du getan hast, Rick. Vor allem, wie du es getan hast. Das hatte echt Stil.» Ihre Stimme hat dabei einen Klang, dass mir leicht schwindelig wird.

«Es hat Spaß gemacht, Nis Puk zu sein», antworte ich.

Zugegeben, im Fußball würde man das einen Abstauber nennen. Aber was soll's, Tor ist Tor! Jedenfalls verbringen Dörte und ich einen tollen Abend zusammen. Keine Ahnung, was daraus wird, aber da geht noch mehr.

Also, deshalb bin ich stinkesauer und glücklich zugleich. Wobei das Glück meine Wut frisst, das muss ich zugeben.

20.

Egal, wohin Carola auf der Insel kam, alle redeten nur über Rick. Wenn er irgendwo auftauchte, wurde er umlagert und umschwärmt. Carola ärgerte das ein bisschen, denn genau genommen hatte er kaum zu seinem Ruhm beigetragen: Von einem Kunden auf der Hallig illegal Geld kassieren und es später verlieren, mehr war es nicht gewesen. Seine neugewonnene Anerkennung hatte er nur ihr zu verdanken. Aber gut, sie hatte es ja so gewollt.

Jetzt musste sie aber dringend mal an sich denken, sonst würde Heiligabend so böse enden wie die Jahre zuvor. Der Abreißkalender an der Seite ihres Küchenbuffets zeigte den 20. Dezember. Der Endspurt zum Heiligabend nahm an Tempo zu, jedenfalls kam es ihr so vor. Eine Weihnachtsfeier löste die nächste ab, Schützen- und Trachtenvereine, die Landfrauen, außerdem hatte jedes Inseldorf seine freiwillige Feuerwehr, die separat feierte und den Segen der Pastorin erhalten wollte. Und nicht zuletzt freuten sich die Mitarbeiterinnen und Mitarbeiter des Friesendoms auf ihre alljährliche Betriebsfeier, die morgen in Krögers Gasthof stattfinden sollte. Es war Zeit, in die Gänge zu kommen und dafür zu sorgen, dass sie am Ende nicht alleine blieb.

Unwillkürlich musste sie an Torin denken. Wenigstens konnte sie von dem Weihnachten mit ihm und seiner Familie träumen, schöner ging es nicht. Was er wohl gerade machte? War es aufdringlich, ihn einfach mal anzurufen?

Am Vormittag wurde der große Weihnachtsbaum für den Friesendom mit einem Lkw angeliefert und neben dem Altar aufgestellt. In der ersten Bankreihe lagerten die Kartons mit der langen Lichterkette sowie den bunten Kugeln und Engelsfiguren, die Carola in den Zweigen anbringen würde. Das machte sie immer höchstpersönlich.

Sie stellte die hohe Aluleiter neben den Baum. Das Schmücken brachte ihr normalerweise Spaß, damit konnte sie die Aussicht auf die Stunden nach dem Gottesdienst sogar etwas verdrängen. Dieses Jahr war sie schon beim Schmücken verzagt. *Reiß dich zusammen*, ermahnte sie sich. Und tatsächlich, am Ende strahlte der Baum im Friesendom festlich wie jedes Jahr. Wenigstens das hatte sie hinbekommen.

Das Wunder, auf das sie gehofft hatte, war bisher ausgeblieben. Sie ging zurück in ihre Wohnung und warf einen Blick in den Spiegel. Ihre Frisur konnte vor dem Festgottesdienst einige Korrekturen vertragen, zumindest die Spitzen sollten nachgeschnitten werden. Sie rief bei Friseur Ebbi Pohlsen auf der Promenade an, doch der konnte nur abwinken: «Tut mir leid, Carola, wir haben bis Heiligabendmittag nichts mehr frei.» Er verwies sie an die Außenstelle seines Salons in einem kleinen Dorf im Westen der Insel. Dort könne sie auch ohne Termin erscheinen.

Der kleine Friseurladen lag im Zentrum neben dem reetgedeckten «Taarepshüs», in dem das ganze Jahr über zahlreiche Veranstaltungen stattfanden. Carola öffnete die gläserne Eingangstür.

«Moin!»

Drinnen saß die Vorsitzende der Volkstanzgruppe, Nicole Ketelsen, die gerade von Friseurin Monika Lange geföhnt wurde. Monikas Haare leuchteten heute in Gelb, Rot und Hellblau. Das letzte Mal hatte Carola sie getroffen, als sie mit den Antipasti Richtung Kirchturm zu Nis Puk unterwegs gewesen war. Seitdem war in ihrem Leben einiges passiert …

«Moin, Carola.»

«Moin. Hast du was frei für mich?», fragte sie.

«Wenn du eine Minute warten magst.»

«Klar.»

Carola setzte sich auf einen Besucherstuhl und blätterte in einer Zeitschrift.

«Ich kenne Ricks Vater Detlev ja noch gut», rief Monika gegen das Geräusch des Föhns an. «Und seine Mutter auch.»

Nicole hörte ihr wissbegierig zu.

Rick, Rick, Rick, dachte Carola. *Als wenn es kein anderes Thema auf der Welt gäbe.* Langsam konnte sie es nicht mehr hören.

«Seine Eltern wohnen schon seit Jahren auf La Palma», fuhr Monika fort. «Rick hat ihnen da einen Bungalow besorgt. Der Junge hat wirklich ein gutes Herz.»

Na ja …, dachte Carola und verdrehte innerlich die Augen.

«Aber im Geschäft ist er knallhart, wie man hört», wusste Monika.

«Soll er den Reichen doch das Geld aus der Tasche ziehen», fand Nicole.

«Schon, aber für uns Insulaner muss auch noch was übrig bleiben. Seine Preise kann ja kein normaler Mensch mehr bezahlen.»

«Das stimmt.»

Den Winter über blieb es in den meisten Inselorten dunkel, weil die Häuser Zweitwohnungsbesitzern gehörten. Bloß gab es auf Föhr ja nicht nur Reiche, sondern z. B. auch Personal, das irgendwo bezahlbar wohnen musste. Es war eine ziemlich ausweglose und ungerechte Situation.

Nicole war fertig frisiert und strahlte Carola an. «Du kannst!»

«Sieht gut aus», sagte Carola.

Sie setzte sich auf den Friseurstuhl und blickte erschrocken in den Spiegel. Sie sah müde und abgekämpft aus. Aber vielleicht gelang Monika ja ein kleines Wunder.

«Was kann ich für dich tun?», fragte Monika, als sie ihr den Kittel umband.

«Nur die Spitzen, habe ich gedacht.»

Monika nickte. «Mehr würde ich auch nicht machen bei deinen schönen dunkelbraunen Locken. Die hat nicht jede!»

Carola errötete. «Danke.»

Monika tauchte Carolas Hinterkopf in ein Becken und spülte ihn mit warmem Wasser ab. Dann massierte sie ihre Kopfhaut mit Shampoo. Gleich fühlte Carola sich wie ein neuer Mensch. Monika führte sie zurück zu dem Stuhl vor dem großen Spiegel.

«Ich freue mich schon auf den Gottesdienst», sagte sie, während sie zu schneiden begann. «Meine Tochter spielt in der Blockflötengruppe mit.»

Carola setzte ein höfliches Lächeln auf. «Wie schön.»

Als Monika fertig war, schien sie zufrieden. «Siehste,

jetzt strahlt dein ganzes Gesicht wie neu, und deine blauen Augen kommen auch wieder besser zur Geltung.» Sie zwinkerte ihr zu.

Carola lächelte dankbar, zahlte und verließ den Laden.

Als Nächstes fuhr sie in die Inselhauptstadt, wo sie in einem Altenheim eine kleine Andacht halten sollte. Auf der Promenade traf sie erneut Weihnachtsmann Kai, der im eiskalten Nordseewind unbeirrt seine Bonbons verteilte. Sie grüßte von weitem und verkniff es sich, ihn ein weiteres Mal einzuladen. Er wusste ja Bescheid.

Niedergeschlagen schlich sie auf den Deich hinter den Sportboothafen, wo ihre Fering Engel vertäut war. Auf der anderen Seite blickte sie weit in das Marschland, das aussah, als hätte jemand eine weiße Decke über Wiesen und Felder gelegt. Der Seewind wirbelte kleine Pulverschneewolken in die Luft. Sie atmete tief durch.

In den letzten Wochen hatte sie alles gegeben, um Heiligabend nicht alleine zu sein. Aber ihre Idee mit dem Single-Festessen kam nirgends gut an, auch wenn sie nicht verstand, aus welchem Grund. Vielleicht hätte sie offen aussprechen sollen, dass es ihr vor allem um sie selbst ging. Ob das besser angekommen wäre? Wenige Tage vor dem Fest musste sie sich damit abfinden, dass sie nach der Christmette wohl wieder alleine bleiben würde.

Den Abend wirst du schon irgendwie überstehen, wie jedes Jahr, sagte sie sich. Vom Gottesdienst bis zum Schlafengehen lagen nur wenige Stunden, sie würde sich ins Bett legen, lesen und Musik hören.

Wirklich? Wenn sie ehrlich war, war sie an Weihnachten gegen das bohrende Gefühl der Einsamkeit noch nie angekommen. Ihr Misserfolg bei den Einladungen lag bestimmt auch daran, dass sie eine Pastorin war, der man leicht ein Helfersyndrom unterstellte. Wenn sie ein gewiefter Verkäufer wie Rick gewesen wäre, hätte sie das Antiquariat voll bekommen, davon war sie überzeugt. Gerüchteweise hatte sie von Heidrun in der Bäckerei gehört, dass Rick Hand in Hand mit der schönen Dörte Harms am Utersumer Strand gesehen worden war. Dabei war er bis vor kurzem noch Single gewesen, so wie sie selbst. Hatte er so eine tolle Frau verdient?

Falls das stimmte, war er ihr auf jeden Fall etwas schuldig, fand sie. Immerhin war sie nicht ganz unbeteiligt an seinem neuen Glück, das musste er einsehen. Sie erwartete eine Gegenleistung. Der Gedanke sollte ihm bekannt vorkommen, in seiner Branche nannte man das «Maklergebühr». Es war ihre allerletzte Chance: Einen Versuch war es wert!

21.

Es dämmerte bereits. Carola tuckerte mit dem Skoda aus dem Dorf hinaus. Die Straße führte am Villenviertel mit den Reetdachhäusern vorbei, in dem Rick wohnte. Sie hielt an, um über das Meer hinüber zur Nachbarinsel zu schauen. Die See lag kalt und grau hinter der schneebedeckten Insel, man fühlte sich in den äußersten Norden versetzt. Das hatte was. Hier gab es nie Tage mit schlechtem Blick, alles wirkte monumental und schön.

Nach längerem Nachdenken war sie zu dem Entschluss gekommen, dass sie nur einem einzigen Menschen zutraute, die Leute von einem gemeinsamen Heiligabend zu überzeugen. Es musste jemand sein, der die Befindlichkeiten seines Gegenübers blitzschnell erfassen und sie ohne Umschweife von seinem Plan überzeugen konnte. Das konnte nur Rick.

Sie stieg aus, ging zur Haustür und klingelte. Es roch nach Holzrauch aus den Kaminen der umliegenden Villen, auch aus Ricks Schornstein kam eine dünne, weiße Rauchsäule. Die Tür öffnete sich, und Rick stand in dunkelblauem Bademantel und Gummischlappen vor ihr.

«Oh, hallo, Carola, willst du mir mein Geld zurückbringen?», fragte er zur Begrüßung. «Das ist nett.»

Es klang nicht mal böse, sondern wie ein flapsiger Spruch.

«Nee, ich bin endlich so weit und will was bei dir kaufen.»

«Na, dann komm rein. Du musst meinen Aufzug entschuldigen, ich komme gerade aus dem Schwimmbad.»

Allein das! Wer hatte schon ein Schwimmbad im eigenen Haus? Hinter der Eingangstür begann sein riesiges Wohnzimmer mit zwei Couchen, die im rechten Winkel vor der Fensterfront standen. Der Blick von hier aus war ein Traum, mehr ging nicht. In der Dämmerung sah man über das Meer hinüber zur Nachbarinsel, dort blinkte der Leuchtturm. Im Hintergrund knackte der Kamin, in dem glühende Holzstücke lagen. Carola fiel auf, dass es in der Wohnung angenehm nach asiatischem Essen roch. Rick legte ein paar Scheite nach und setzte sich zu ihr.

Sie lehnte sich auf der Couch zurück und streckte die Arme zur Seite aus. Auch wenn ihre Kofferaktion finanziell zu seinen Ungunsten ausgegangen war, gestand er ihr doch einen Punkt für Raffinesse zu, hoffte sie. Das war vielleicht eine dünne Basis, aber mehr als nichts.

«Wie lebt es sich denn jetzt so als Gutmensch?», fragte sie grinsend. «Das ist doch bestimmt ganz ungewohnt für dich.»

Seinem leicht säuerlichen Gesicht nach zu urteilen, fand er den Spruch gar nicht witzig. «Möchtest du, dass ich mich für deinen Diebstahl bedanke?»

Sie hob die Hände. «Was habe ich mit deinem Koffer zu tun?»

«Geht das schon wieder los?», fragte er. Aber ernsthaft bekümmert wirkte er nicht mehr.

«Wie man hört, hast du eine Menge neuer Freunde auf der Insel gewonnen.»

Er lüpfte die rechte Augenbraue. «So? Hört man das?» Sie wollte nicht explizit nach Dörte Harms fragen, das ging sie wirklich nichts an.

Ein Lächeln huschte über seine Lippen. «Ich muss sagen, dass meine Geschäfte noch besser laufen als zuvor.»

«Glückwunsch.»

«Zugegeben, das ist auch dein Verdienst.»

Er reichte ihr einen Schoko-Weihnachtsmann aus einem Korb und nahm sich selbst auch einen. Sie pulte die Alufolie vom Kopf, ein Brocken fiel dabei in den Hohlraum. Sie drehte ihn um, um ihn wieder rauszufischen.

«Ich hatte nichts damit zu tun», sagte sie.

Er überlegte einen Moment. «Einverstanden, lassen wir das.» Er biss ein Stück von seinem Weihnachtsmann ab.

Sie grinsten sich einvernehmlich an, das bedeutete Waffenstillstand.

«Ich finde, du bist mir noch etwas schuldig», sagte sie.

«Was willst du denn noch?»

«Eine Villa mit Whirlpool.» Sie deutete auf einen Katalog, der auf dem Tisch lag.

«Sonst noch was?»

«Ja: Ich suche ein Marketing-Genie wie dich.»

«Willst du ein Maklerbüro eröffnen?»

«Gott bewahre!»

«Dann bin ich ja beruhigt.»

«Du bist *der* Insulaner der Stunde», sagte Carola. «Und du bist durch und durch Geschäftsmann.»

«Bin ich deswegen schlecht?»

«Nicht zwangsläufig, das liegt in deiner Hand. – Es geht

um Folgendes: Ich möchte ein paar Singles zu einem Festessen im Antiquariat der kleinen Inselbuchhandlung einladen.»

«Und?»

«Blöderweise zieren sich alle.»

«Mir macht es nichts aus, Heiligabend alleine zu sein», sagte er schnell.

Also war er doch nicht mit Dörte zusammen? Oder hatte er sie noch nicht gefragt?

«Ist es zusammen nicht schöner als allein?», entgegnete sie.

«Kommt auf die Leute an.»

«Ich habe mir gedacht, wenn du die Gäste einlädst, kommt das besser rüber, als wenn ich das tue.»

«Ich?»

«Wenn die Pastorin einlädt, hat das für viele einen faden Beigeschmack. Deswegen habe ich mir überlegt, dass du offiziell als Veranstalter auftrittst. Du sprichst die Leute an und lädst ein.»

Rick sah entsetzt aus. «Carola, ich bin kein Sozialarbeiter!»

«Das ist ja das Gute! Wir machen eine normale Inselveranstaltung daraus, wie Ü-30-Partys und Biikebrennen.»

«Warum sollte ich das tun?»

«Wenigstens das bist du mir schuldig. Außerdem ist es für dich ein Klacks.»

«Ich soll dir helfen, weil du mein Geld geklaut und gegen die Gebote der Bibel verstoßen hast?»

«Die du natürlich in- und auswendig kennst und nach denen du dich immer richtest. Komm schon, Rick …»

Beide schauten stumm aufs Meer, das sich im leichten

Wind kräuselte. Aus einer einzelnen Wolke fiel etwas Regen, dahinter schien schon wieder die Sonne.

«Okay, einverstanden», sagte er.

Was immer ihn dazu gebracht hatte, es war bestimmt nicht Dankbarkeit ihr gegenüber. Wahrscheinlich reizte ihn die Herausforderung – er konnte ihr beweisen, was er draufhatte in Sachen Gutsein. Aber egal, warum: Hauptsache, er tat es!

«Ich gebe dir eine Gästeliste mit Kandidaten», sagte sie.

«Und was soll ich denen erzählen?»

«Wenn einem dazu was einfällt, dann dir!»

«Soll das ein Kompliment sein? Und das aus deinem Munde?»

«Warum nicht? Als Frau Gottes bin ich der Wahrheit verpflichtet.»

Er grinste. «Dazu sage ich besser nichts.»

«Also?»

«Wenn, mache ich es nur, um dir eins auszuwischen.»

«Ganz genau, beweise mir, dass du es besser kannst als ich.»

Sie reichte ihm die Hand, die er fest drückte. Unter Friesen galt das als Vertrag, damit war es abgemacht.

«Mit Vergnügen», sagte er. «Für mich ist das keine große Herausforderung. Es ist fast zu simpel.»

Das war schon fast wieder eine Beleidigung, fand Carola. Aber sie sagte lieber nichts. Einige nannten Rick den «Pitbull» unter den Maklern: Wenn er einen Zipfel seiner Beute zwischen die Zähne bekam, ließ er sie nicht mehr los. Das würde er auch im Dienst der guten Sache tun, er konnte gar nicht anders. Es ging um seine Ehre. Sie wusste, dass sie sich auf ihn verlassen konnte.

War ihr Festessen an Heiligabend gerettet?

22.

Am 23. Dezember begaben sich auch die letzten Insulanerinnen und Insulaner auf Geschenksuche, die Pulks an den Glühweinständen auf der Promenade und in der Altstadt wurden immer größer. Nach Ladenschluss räumte Carola die Leseecke in der kleinen Inselbuchhandlung um. Voller Vertrauen zu Rick, der kein Wort darüber verloren hatte, ob er jemanden für das Festessen gefunden hatte. Es sollte eine Überraschung werden, das hatten sie so vereinbart.

Carola schob die Sessel in den hinteren Teil des Raumes. Neben dem Ofen war nicht unendlich Platz, aber für zehn bis zwölf Personen würde es reichen. Falls sie überhaupt so viele wurden – falls überhaupt jemand käme!

«Moin, Moin!»

Der stämmige Inselförster Michel Bohn schleppte einen kleinen Weihnachtsbaum samt Ständer herein, den sie zusammen vor einem Regal neben dem Ofen aufstellten. Um die Wurzeln hatte er ein Tuch gelegt, der Baum sollte später wieder eingepflanzt werden.

«Vielen Dank, Michel.»

«Da nicht für.»

Für den Weihnachtsbaum hatte Carola mehr Lametta

besorgt, als auf die Äste passte. Also behängte sie auch die umstehenden Regale. Sie liebte den Lichterschein der Kerzen in den Metallstreifen, die nach alter Tradition Eiszapfen symbolisierten. Natürlich kamen in die Zweige noch Engelsfiguren und Äpfel. Dazu drapierte sie überall Rauschgold, allein die Bezeichnung versetzte sie in Euphorie.

Als sie fertig war, schleppte Kai im Weihnachtsmannkostüm eines der Tischelemente heran, die Torin ihr mitgegeben hatte. Kai hatte sich einen Bollerwagen geliehen und transportierte damit die Teile von der Fering Engel in die kleine Inselbuchhandlung.

«Wirklich sehr nett von dir, dass du mir hilfst», sagte Carola, «wo du doch gar nicht mit dabei bist morgen Abend.»

Schweigend baute er mit ihr zusammen die Tischelemente in der Leseecke auf. Leider bekam sie wegen der beengten Platzverhältnisse keine durchgehende lange Tafel hin, sondern musste ein «L» bauen. Es gab nun Platz für zwölf Gäste. Mit der friesischen Tischdecke in Weiß-Blau von Torins Mutter, den vergoldeten Herbstblättern und den vielen Kerzen sah das Antiquariat aus wie eine Mischung aus gemütlicher Höhle und Festraum. So hatte sie es sich vorgestellt.

Greta kam herein und staunte: «So schön war es hier noch nie!», rief sie. «Hier ist der Schlüssel für den Laden.»

«Danke, ich bin gespannt, wer alles kommt. – Du bist auch froh, wenn der Advent vorbei ist, was?»

Greta lächelte. «Ach was, das ist die tollste Zeit, mit so vielen verschiedenen Kunden. Der Januar wird ein krasser Kontrast, wenn kaum noch Gäste auf der Insel sind.»

«Wann kommt denn Florian?»

Gretas Freund war Pilot und lieferte mit seinem kleinen Wasserflugzeug auf den Inseln die letzten Pakete aus.

«Morgen früh», sagte sie grinsend. Sie wirkte immer noch sehr verliebt, Carola freute sich für sie.

Kurze Zeit später brachte Gretas Tante Hille einen Wäschekorb voll mit ihrem besten Porzellan: weiße Teller, Tassen und Terrinen mit Goldrand. Es war einmal die Aussteuer ihrer Oma gewesen, stammte also aus dem vorletzten Jahrhundert. Das altmodisch verzierte Silberbesteck gab dem Tisch einen aristokratischen Touch.

Carola verteilte noch mehr Lametta an den Regalen und auf dem Tisch. Dazu drapierte sie auf der Tafel bunt bemalte Fische aus Pappmaché, die ihre Freundin Steffi mal aus der Karibik mitgebracht hatte, sowie kleine, rotweiße Rettungsringe. Alles glänzte und schimmerte, in diesem Licht würden ihre Gäste wie Engel aussehen. Wenn sie denn kämen …

Als Carola mit ihren Vorbereitungen in der kleinen Inselbuchhandlung fertig war, kuschelte sie sich in ihre schwarze Strickjacke, die ihr fast bis zu den Knien ging, und den pinken Wollschal. Dann ging sie hinaus auf die Seepromenade, auf der bereits unzählige Menschen in die gleiche Richtung unterwegs waren, Insulaner wie Gäste vom Festland. Von der See her wehte ein kalter Wind. Die Lichter in den Girlanden zwischen den Häusern der Altstadt leuchteten festlich.

Heute fand auf der Promenade das traditionelle Vorweihnachtssingen in der Kurmuschel statt. Davor hatte sich bereits eine dichte Menschentraube gebildet. Ein Frauenchor von der Insel betrat die Bühne, die «Feer Ladys». Unter den Sängerinnen waren auch Heidrun aus der

Bäckerei und Monika vom Friseursalon in Utersum. Erst sangen sie die traditionellen Lieder wie «Vom Himmel hoch, da komm ich her», «Stille Nacht», «O Tannenbaum». Jeder kannte sie aus seiner Kindheit und sang laut mit. Carola fiel wieder einmal auf, dass in den Weihnachtsliedern selten das Wort «ich» vorkam, was sie äußerst angenehm fand. Vom Singen wurde ihr richtig warm, vor allem, als die «Feer Ladys» zu Gospels übergingen und alle mitwippten.

Klar stand ihr am nächsten Tag der Heiligabend-Gottesdienst bevor, aber der würde diesmal anders werden als sonst. Viel entspannter. Sie würde ihn vielleicht sogar genießen können. Falls Rick seinen Job gemacht hatte. Wehe, wenn nicht!

Zum Schluss kündigte die Chorleiterin ein plattdeutsches Lied von Rolf Zuckowski an, das seit Jahren immer das Abschlusslied der Veranstaltung war und Carola jedes Mal zu Tränen rührte: «Dat Johr geit do Enn». Es fing die Adventsstimmung auf der Insel punktgenau ein. Hunderte Menschen sangen mit und sahen dabei tief ergriffen aus.

Carola drehte sich zur nächtlichen Nordsee und musste eine Träne verdrücken. Jetzt konnte Heiligabend kommen! Ihr Blick ging über das nächtliche Wattenmeer zur Nachbarhallig. Schade, dass Torin mit seiner Familie feiern würde, genau genommen ja das zweite Mal. Wenn sie überhaupt noch feierten. In den letzten Tagen hielt er sich merkwürdig zurück und rief nicht mehr an. Er fehlte ihr.

Zugegeben, sie selbst hatte bei all den Adventsfeiern auch keine freie Minute Zeit gehabt. Mal abgesehen davon, dass der Rhythmus auf der Hallig ein ganz anderer war, dort ging man extrem früh zu Bett und stand dementsprechend früh wieder auf. Torin machte sich bestimmt keine Gedanken um sie. Sie hatten ein paar tolle Dinge erlebt, und das war es. Vielleicht hatte er eine feste Beziehung in Hamburg, was wusste sie schon? Für ihn war sie so etwas wie seine ältere Schwester. Daran konnte sie nichts ändern, selbst wenn sie es gewollt hätte.

23.

Torin saß am kleinen Hafen der Hallig auf einem Poller und schaute hinüber auf die gegenüberliegende Insel. Er stellte sich vor, wie Carola Heiligabend im Talar auf der Kanzel des Friesendoms stand und mit ihrer dunklen Stimme, deren Timbre ihn jedes Mal halb ohnmächtig machte, die Weihnachtsgeschichte vorlas. Ihre Hände erzählten immer mit, wenn sie sprach, ihre langen, schmalen Violinistinnenfinger sahen zart aus, elegant. Wenn ihre saphirblauen Augen ihn anstrahlten, klopfte sein Herz schneller. Wusste Carola überhaupt, wie schön sie war? Sicher nicht.

Wenigstens war sie nicht übertrieben eitel, das mochte er sehr. Sie störte es nicht, wenn sie ihm in halb zerrissenen Leggings und Vintage-Shirt ihre Kirche zeigte. Was ihn richtig angemacht hatte!

Alle sahen in ihr nur die Pastorin, niemand die aufregende Frau. Als Gemeindepastorin überspielte sie ihre sinnliche Seite gerne mit einem betont pragmatischen Auftreten. Heiligabend verschieben? Wird gemacht. Nachts durch den Schnee stapfen? Kein Problem. Dass hinter der zupackenden Art ein ganzes Meer von Gefühlen lag, hatte er schon bei ihrer ersten Begegnung gespürt.

Sollte er es ihr mal sagen? Wie würde sie es aufnehmen? Vermutlich würde sie es von sich weisen. Aber dazu würde es ohnehin nicht kommen. Niemals würde er sich trauen, es auszusprechen.

Zumal von ihrer Seite aus keine Mut machenden Zeichen in seine Richtung gekommen waren, er sollte vorsichtig bleiben. Nach der Nachtwanderung mit den Briefen wäre er am liebsten einfach bei ihr geblieben. Carola hätte ihn höchstwahrscheinlich auf die Couch geschickt, wie einen guten Freund. Bestimmt hielt sie ihn für zu jung, dabei trennten sie nur fünf Jahre. Er vermutete, dass sie eher auf Ältere stand. Pech, dagegen konnte man nichts machen.

Wie gerne hätte er sie mal ohne dicke Winterjacke in den Arm genommen und dann so lange festgehalten, wie es nur ging. Beim Loslösen hätte er sie zart geküsst und dann wieder an sich gezogen. Damit wären alle Gefühle klar gewesen, ohne Worte. Später wachte er dicht neben ihr auf, und sie küssten sich im Halbschlaf. Danach konnten sie nicht mehr voneinander lassen. Dass sie alle Termine am Vormittag verpassten – unwichtig.

Am frühen Abend würden sie zusammen auf dem Deich tanzen. Carolas Bewegungen sahen immer geschmeidig aus, egal, was sie tat. Wusste sie das? Sie hatte mal erwähnt, dass sie als Mädchen Balletttänzerin gewesen war. Dass auch er tanzen konnte, ahnte sie nicht, er hatte sogar mal einen Wettbewerb in Nordfriesland gewonnen, aber gut.

Irgendwann würde er Organist im Friesendom werden, das nahm er sich fest vor. Während sie ihre Andachten hielt, betrachtete er seine Geliebte, mit der er kurz zuvor noch im Bett gelegen hatte. Er komponierte dann Musik zu ihren Predigten.

Das war alles Phantasie. In Wirklichkeit war es komplett an ihr vorbeigegangen, dass sie ihn schon bei ihrem ersten Zusammentreffen auf der Hallig tief berührt hatte. Zugegeben, er hatte es nicht deutlich genug ausgedrückt. Wenn er ihr sagen würde, was er in ihr sah, wäre es ihr bestimmt peinlich. Hinter ihrer Zugewandtheit zeigte Carola manchmal eine Unnahbarkeit, die ihn schmerzte. Über diese Mauer käme er nicht mal mit großem Anlauf. Für Carola war zudem klar: Er war es nicht für sie.

Es war schrecklich, verliebt zu sein, ohne wiedergeliebt zu werden. Bei der Nachtwanderung mit den Briefen, dick verpackt, hatte er Carola die ganze Zeit nahe bei sich gespürt. Er begehrte sie mit allen Fasern seines Körpers. Und seiner Seele.

Aussichtslos, wie es war, hielt er es in ihrer Nähe nicht mehr aus. Nach Weihnachten würde er die Hallig verlassen und zurück nach Hamburg ziehen. Vielleicht dämpfte die räumliche Distanz seine Gefühle. Obwohl er sich das nicht vorstellen konnte.

24.

Am Morgen des 24. Dezember lag Carola unter dichtem Schaum im heißen Badewasser. Dieser Tag sollte feierlich beginnen, egal, wie er ausgehen würde. Das erste Tageslicht fiel durch die Milchglasscheibe im Badezimmer, auf dem Fliesenboden hatte sie ein Dutzend Windlichter angezündet. Sie schloss die Augen, nahm etwas Wasser in ihre Hände und goss es sich über die Stirn. Die sphärenhafte Musik aus ihrer Boombox ließ sie in andere Welten schweben. Anschließend ging sie im Kopf noch mal die wichtigsten Punkte ihrer Predigt durch.

Ihr Lampenfieber ließ sich auch bei angenehmen 40 Grad nicht ganz verdrängen. Es konnte immer alles passieren, zumal sie großen Wert darauf legte, frei zu sprechen. Wenn jemand vom Blatt ablas, bekam das schnell etwas Belehrendes, das wollte sie vermeiden. Die Stichworte passten auf eine Seite ihres Notizblocks, die würden sie bei einem Blackout nicht retten. Zum Glück würde Nis Puk sie vom Kirchturm aus beschützen, darauf setzte sie!

Am liebsten wäre sie noch Stunden in der Wanne geblieben, aber das ging leider nicht. Sie stieg aus, trocknete sich gründlich ab. Dann holte sie ihre After Sun Lotion vom letzten Sommer aus dem Schrank und rieb sich damit ein. Im Winter war es ein unbeschreibliches Wohlgefühl, nach Sonne zu duften. Sie rieb ein Guckloch in den beschlagenen Spiegel und föhnte ihre frisch geschnittenen Haare. Heute war ein guter Tag, um sie hochzustecken. Sie zog Jeans, T-Shirt und Seemannspullover an. Darüber die warme Jacke, dann ging sie hinüber zum Friesendom.

Noch war sie hier ganz alleine. Unzählige Kerzen leuchteten auf den Ästen des Weihnachtsbaums neben dem Altar. Den niedrigen Baum in der kleinen Inselbuchhandlung fand sie allerdings genauso schön. Birgit hatte sie vom Putzen nach Hause geschickt, sie sollte ihre Grippe besser vollständig auskurieren. Die Konfirmandinnen und Konfirmanden waren eingesprungen und hatten den Friesendom auf Hochglanz gebracht.

Vor den Altar stellte Carola eine Vase mit Blumen an eine ganz bestimmte Stelle auf den Boden, deren Bedeutung nur sie und Rick kannten: Dort hatte sie seinen Koffer abgelegt.

Angeblich hatte Rick für das Festessen hinterher genug Zusagen bekommen. Wie viele genau, wollte er gemäß ihrer Abmachung nicht verraten. Sie hatte nur gehört, dass Birgit mit den Kindern, der alte Hinnerk und seine Nachbarin Traute kamen. Das waren schon mehr, als sie selbst je zusammenbekommen hätte. Rick war eben ein Profi, der wusste, wie er Kundschaft rumkriegte.

Es war ein ungewohnt gutes Gefühl, dass sie nach dem Gottesdienst nicht alleine sein würde. Sie ließ noch mal die ganze Adventszeit vor ihrem inneren Auge Revue passieren: der gespielte Heiligabend bei Annerose auf der Hallig, der in Wirklichkeit der einzig wahre gewesen war. Torins Kofferfund, der allen Glück gebracht hatte:

Birgit, der Föhrer Tafel, Traute, dem Tierheim und einigen anderen, sogar Rick selbst. Und am Ende ihr, Carola. Und die seltsame Wendung mit Rick, der vom Feind zum Komplizen geworden war.

Gegen Mittag ging sie noch mal nach Hause und kochte sich einen Salbei-Tee, der angeblich beruhigende Wirkung hatte. Der Talar von Onkel Alfons hing auf einem Bügel am Kleiderschrank, sie hatte ihn ein letztes Mal geflickt. Im nächsten Jahr würde sie sich einen neuen gönnen.

Als sie eine halbe Stunde vor der Christmette den Friesendom betrat, wartete Ludmilla bereits im Vorraum auf ihre Blockflötenkinder. Carola umarmte sie zur Begrüßung. Immer mehr Besucherinnen und Besucher strömten herein, schon weit vor vier Uhr war die Kirche brechend voll. Küster Bernd schleppte noch ein paar zusätzliche Stühle heran. Draußen dämmerte es. Nach dem Gottesdienst würde es dunkel sein, das gehörte zur Magie des Heiligabends.

Carola setzte sich auf die Kirchenbank ganz vorne zu ihrer Gemeinde. Pünktlich um vier läuteten die Glocken hell und feierlich die Christmette ein. Sie musste kurz an Nis Puk denken, der oben im Turm vielleicht gerade sein Mahl verzehrte. Sie durfte nicht vergessen, den leeren Teller und das Glas rechtzeitig wegzuräumen, bevor ein Dachdecker oder Bernd das alles womöglich noch entdeckten.

Am Ende des Glockengeläutes kamen nur noch einzelne Schläge, deren Abstand immer länger wurde. Dann wurde es still. Die Kerzen strahlten am Weihnachtsbaum. Organist Roland spielte «Child in Time» als Präludium, erst ganz leise und zart, dann wiederholte er die Melodie pompös und feierlich, mit allen Registern.

Carola lief ein Schauer über den Rücken. Sie stellte sich vor den Altar, breitete die Arme aus und sprach den Segen. Alle waren gekommen. Klaas und die Helferinnen und Helfer von der Tafel, Birgit mit ihren Kindern, Elektrohändler Fiete mit seiner Frau, Greta mit ihrem Florian, Wiebke aus der Pension hinterm Deich mit den Zwillingen und ihrem Freund Hauke aus Berlin, Kai, die Landfrauen, Friseurin Monika mit den gewohnten drei Farben im Haar, Bäckersfrau Heidrun. Und unzählige Bekannte und Unbekannte mehr.

Brockstedt vom «Inselkurier» machte sich die ganze Zeit Notizen, als wolle er später eine Rezension über den Gottesdienst schreiben. In einer der mittleren Reihen entdeckte Carola Rick, den sie nie zuvor in einem Gottesdienst gesehen hatte. Er grüßte lächelnd mit zwei Fingern an der Schläfe. Rick sonnte sich in der neugewonnenen Anerkennung der anderen Weihnachtsgäste, die ihn alle freundlich grüßten. Neben ihm saß Dörte Harms. Also doch …!

Dann wurde die Orgel leiser. Kurz stellte Carola sich vor, es wäre Torin, der am Instrument säße, und seufzte leise.

Die fünfzehnjährige Swantje trat nun in Friesentracht vor den Altar. Sie sang voller Inbrunst ins Mikrophon: *Sweet child in time, You'll see the line. The line that's drawn between good and bad …*

Anschließend stimmte die Gemeinde «Großer Gott, wir loben dich» an. Die Konfirmandinnen und Konfirmanden traten mit ein paar älteren Gemeindemitgliedern vor den Altar, unter ihnen Klaas. Sie hielten flackernde

Kerzen in der Hand, die ein magisches Licht abgaben. Die kleine Imke schritt nach vorne und blies sich erst einmal lässig eine dunkle Locke von der Stirn. Dann sprach sie den Text des französischen Priesters Michel Quoist: «Wenn du aufhörst zu schenken, hörst du auf zu lieben …»

Klaas löste sie ab. Sein wettergegerbtes Gesicht wirkte tiefernst: «Und wenn du aufhörst zu lieben, hörst du auf zu wachsen.»

Es folgten die Blockflöten, deren Phonzahl erstaunlich moderat blieb, denn die Gemeinde sang laut gegenan. Nachdem Carola die Weihnachtsgeschichte aus dem Lukas-Evangelium vorgelesen hatte, war sie erstaunt, wie einfach das gewesen war: keine Tränen, keine übertriebene Rührung. In ihrer Predigt griff sie das Thema «Wunder» auf. Darauf solle man vertrauen, wie Vertrauen überhaupt die Basis für unser Zusammenleben sei. Und die Liebe natürlich.

Inhaltlich setzte sie das fort, was sie auf Anneroses Feier gesagt hatte. Die Weihnachtsgeschichte besaß eine solche Kraft, dass man sie über zwei Jahrtausende hinweg immer wieder erzählt hatte. Jede Generation entdeckte darin etwas Neues.

Irgendwann wurde das Schlusslied gespielt, das im Friesendom immer nach der Christvesper angestimmt wurde: «O du fröhliche». Alle sangen aus voller Kehle mit.

Carola hatte gar nicht gemerkt, wie die Stunde vergangen war. Nach dem Gottesdienst verabschiedete sie am Ausgang alle Gäste mit Handschlag. Dabei blickte sie ausschließlich in lächelnde Gesichter. Viele bedankten sich für ihre aufbauenden Worte. Die Kinder waren aufgekratzt wegen der bevorstehenden Bescherung. Rick war wieder von allen Gottesdienstbesuchern umschwärmt, jeder wollte ihn begrüßen.

Er zwinkerte ihr zu, als er ihr die Hand gab. «Wir sehen uns ja gleich.»

«Du kommst auch?», fragte sie erstaunt.

«Kurz.»

Anschließend gab Dörte ihr die Hand. «Das war ein schöner Gottesdienst. Aber», sie blickte sich unauffällig um, «hätte man nicht die schrecklichen Blockflöten weglassen können?»

Wie recht du hast, dachte Carola, durfte das aber natürlich nicht laut sagen.

Carola ging gar nicht erst ins Pastorat zurück, sondern fuhr direkt zur kleinen Inselbuchhandlung. Zu ihrem ersten Heiligabend seit Jahren, das sie nicht alleine verbringen würde! Die Straßen waren geräumt, sie fuhr etwas schneller als sonst. Carola konnte es kaum erwarten. Schon auf der Promenade war sie voller Vorfreude. Der Plan war, dass Kai das Essen in der Küche des Restaurants «Glücklicher Matthias» kochte und es dann herüberbrachte.

Carola schloss die Tür auf und schaltete das Licht an. Einen Moment lang ganz alleine in der kleinen Inselbuchhandlung mit all den Büchern zu sein, hatte etwas Feierliches.

Sie ging nach hinten ins Antiquariat. Was sie dort sah, traf sie wie ein Schlag auf den Kopf.

Die Lesesessel standen neben dem Bollerofen, wie immer.

Kein festlicher Tisch.

Kein Weihnachtsbaum.

Kein Lametta.

Alles, was sie aufgebaut und geschmückt hatte, war verschwunden!

Wie konnte das sein?

Sie merkte, dass ihr die Tränen runterliefen. Rick hatte es also auch nicht hinbekommen. Aber wieso hatte er in der Kirche «Bis gleich» gesagt? Und Birgit auch?

Das war nicht fair.

25.

Zwei Tage zuvor war Rick mit seinem Geländewagen zum äußersten Westen der Insel gebrettert. Im Radio lief «Last Christmas», wie in jedem Mainstream-Sender um diese Jahreszeit. Die gesamte Marsch reflektierte die Sonne so grell, dass es ohne Sonnenbrille kaum auszuhalten war. Rick wusste selbst nicht, warum er sich auf diese Mission eingelassen hatte. Eigentlich war es absurd, aber irgendetwas reizte ihn daran. Wollte er Pastorin Carola etwas beweisen? Oder sich selbst?

Seine erste Station war die Pension von Wiebke, die mit ihrer Familie das letzte Haus vorm Deich bewohnte. Er wollte dort Kai treffen, der ihm helfen musste, sonst ging gar nichts. Kai war ein paar Klassen über ihm auf die Inselschule gegangen. Rick hatte gehört, dass er hervorragend kochen konnte.

Kai fegte gerade den Neuschnee vom Hofplatz, als Rick um die Ecke bog. Er war ein bulliger Typ, kräftig gebaut, von der Statur her der perfekte Weihnachtsmann. Auch jetzt, im tiefsten Winter, ließ er seine Jacke offen, weil ihm immer zu warm war.

Rick sprang aus dem Wagen. «Moin, Kai.»

«Moin, Rick, hast du es eilig?»

«Immer! Ich wollte zu dir.»

«Zu mir? Ich will aber nichts kaufen.»

«Schade. – Sag mal, hast du Heiligabend frei?»

«Ja.»

«Dann habe ich einen Job für dich.»

Kai schüttelte den Kopf. «Da arbeite ich nicht.»

«Also, für mich ist Heiligabend ja ein Tag wie jeder andere. Dieses ganze Getue drum herum kann ich nicht verstehen.»

Kai stützte sich auf den Stiel seines Schneeschiebers. «Geht mir genauso. Ich werde in meiner Hütte sitzen und mich wie immer fühlen.»

«Das wollte ich auch», Rick kratzte sich am Kinn, «bloß dieses Jahr bin ich in eine blöde Sache reingeraten …»

«Was denn?»

«Ich musste Heiligabend ein paar wichtige Leute einladen.»

«Geschäftlich?»

«Im weitesten Sinne.»

«Und die konntest du nicht abwimmeln?»

«Leider nein. – Um es kurz zu machen: Ich brauche einen Mega-Koch. So einen wie dich.»

«Hm. Wie viele Gäste sollen es denn werden?»

«Zwanzig, fünfundzwanzig, würde ich sagen.»

«Mit der rasenden Carola hat das nicht zufällig was zu tun?»

Mist, er roch den Braten. Rick ließ sich nichts anmerken. «Nee, die will ja in der kleinen Inselbuchhandlung feiern, wie ich gehört habe.»

«Mit den Sozialfällen von der Insel.» Kai grinste.

«Hat sie dich etwa auch gefragt?», erkundigte sich Rick scheinheilig.

«Sehe ich aus wie ein Sozialfall?»

Rick fand das tatsächlich, hielt aber die Klappe.

«Also Butter bei di Fische: fünf große Scheine, wenn du das Buffet machst.»

Kai schwenkte schneller um, als Rick gedacht hatte. 500 Euro waren ein unschlagbares Argument.

«Wo kann ich das vorbereiten?», fragte Kai.

«Bei mir zu Hause. Ich habe zwei Induktionsherde mit acht Platten und zwei Backöfen.»

«Wow.»

«Habe ich alles vom Vorbesitzer des Hauses übernommen, der war fanatischer Kochfreak.»

Hinterher kam sich Rick ein wenig schäbig vor. Sein Vorteil gegenüber Carola war allein das Bargeld, mit dem er Kai bestochen hatte. Aber der Weg war nun mal nicht das Ziel, sondern das Essen an Heiligabend. Das funktionierte nicht ohne einen guten Koch, und der kostete.

Hinnerk wohnte ein Dorf weiter, in einem alten Häuschen. Er war Steuermann bei der Fährreederei gewesen und musste um die achtzig sein. Hinnerk stand gleich hinter Kai auf Carolas Liste. Rick kannte ihn vom Sehen, so wie man sich kannte, wenn man schon immer auf der Insel wohnte.

Er klopfte an die Tür, Hinnerk schlurfte heran, öffnete und stützte sich auf seinen Rollator.

«Moin, Hinnerk.»

«Rick? Was machst du hier? Willst du mein Haus kaufen?»

«Würde ich gerne, aber ich schätze, du willst es mir nicht geben.» Rick lächelte.

Hinnerk grinste zurück. «Recht hast du!»

«Ich wollte dich um einen Gefallen bitten», kam Rick zur Sache.

«Du – mich?»

«Ich habe Heiligabend ein paar internationale Gäste bei mir. Die würden gerne unsere friesische Kultur kennenlernen. Ich soll unterm Tannenbaum Shantys singen.»

«Schöne Idee.»

«Sagst du! Bloß ich habe die Shantys nicht so drauf wie du. Daher meine Frage: Kannst du das übernehmen?»

«Ausgerechnet Heiligabend?»

«Hast du da schon was vor?», fragte Rick.

«Nicht direkt, aber ...»

«Na also. Es dauert höchstens eine Dreiviertelstunde. Ich hole dich ab und bringe dich danach wieder zurück.»

Wenn Hinnerk erst mal da war, würde er ohnehin den ganzen Abend bleiben wollen.

«Hmm, nee, das geht leider nicht. Ich muss auf Traute aufpassen, meine Nachbarin. Sie ist ziemlich tüdelig und kommt alleine nicht mehr klar.»

«Wo ist das Problem? Wir nehmen sie mit.»

«Traute ist wirklich schon *sehr* tüdelig.»

«Ein Glas Champagner tut ihr bestimmt gut.»

«Ob sich das mit ihren Tabletten verträgt?», überlegte Hinnerk.

«Bestimmt! Wir passen alle auf sie auf. Bitte, Hinnerk, ich brauche dich dafür, lass mich nicht hängen. Du hast auch was gut bei mir.»

«Hm. In Ordnung.»

«Super, du rettest mich! Ich stehe um sieben vor deiner Tür.»

Dann fiel ihm noch eine Frau ein, die nicht auf Carolas Liste stand. Rahel war Mitte vierzig und arbeitete als Kellnerin in der Fährreederei, da wechselten sie manchmal ein paar freundliche Worte miteinander. Sie war ewig Single, das wusste Rick, und würde sich bestimmt über eine Einladung freuen. Aber wenn er einfach so bei ihr aufkreuzte, konnte sie das als Anmache sehen, das wollte er vermeiden.

Am Rand des Dorfes Wrixum klingelte er vor ihrer kleinen Zweizimmerzimmerwohnung in einem Bungalow. Sie öffnete die Tür nur einen Spalt.

«Moin, Rahel», rief er.

«Ja?»

Sie setzte ihre Brille auf, als müsse sie noch mal nachprüfen, ob sie richtig gesehen hatte.

«Ich gratuliere dir, Rahel», rief Rick fröhlich. «Du hast in einem Preisausschreiben gewonnen!»

Rahel war total erstaunt. «Ich habe aber nirgendwo mitgemacht.»

«Das läuft von meinem Büro aus, ohne Bewerbung, es wird einfach so unter allen Insulanern verlost.»

«So? Was habe ich denn gewonnen?»

«Heiligabend gibt es einen großen Empfang mit den anderen Gewinnern. Kannst du da?»

Sie schien so überwältigt, dass sie sich nicht mal über den ungewöhnlichen Termin wunderte und sofort zusagte.

An jeder Tür dachte Rick sich andere Geschichten aus – und bekam ausschließlich Zusagen. Heiligabend würden seine kleinen Flunkereien natürlich enttarnt werden. Aber das würden die Gäste ihm sicher verzeihen. Es sollte ein rauschendes Fest werden, dafür würde er sorgen.

Wie er Birgit herumkriegen konnte, war ihm allerdings unklar. Am liebsten hätte er sie von der Liste gestrichen, aber Carola bestand darauf, dass sie dabei war. Er hatte zur Vorbereitung den größten Blumenstrauß gekauft, der auf der Insel aufzutreiben gewesen war. Doch das würde nicht genügen, fürchtete er.

Mit mulmigem Gefühl schritt er auf das Mehrfamilienhaus am Rand der Inselhauptstadt zu. Birgits Kinder spielten gerade draußen im Schnee.

«Willst du zu unserer Mama?», fragte der Junge ängstlich.

«Ja.»

«Fliegen wir jetzt doch aus unserer Wohnung raus?»

Oh Mann, anscheinend hatte er Birgits Kinder traumatisiert. Schnell schob er die Gewissensbisse beiseite, darum würde er sich später kümmern.

«Nein, im Gegenteil, ich möchte euch an Heiligabend einladen», sagte er freundlich.

«Kommen denn noch andere Kinder?», fragte das Mädchen.

«Bis jetzt nicht.»

«Öde.»

Rick überlegte. «Ihr müsst nicht mit den Erwachsenen feiern.»

«Sondern?»

«Habt ihr Weihnachten schon mal in einem Schwimmbad verbracht?»

«Das Schwimmbad hat Weihnachten zu.»

«Aber nicht das bei mir zu Hause. Da dürft ihr so lange drinbleiben, wie ihr wollt.»

Sein kleiner Pool im Keller konnte der entscheidende Joker werden.

Die beiden schauten ihn begeistert an. «Echt?»

«Ja.»

Zugegeben war es Bestechung, na und?

Zusammen gingen sie hoch zu Birgits Wohnung. Die Kinder öffneten die Tür, er wartete.

«Ich habe alles bezahlt», beteuerte sie, als sie ihn sah.

«*Ich* möchte mich entschuldigen», sagte er.

«Mama, wir dürfen in Ricks Schwimmbad!»

«Was soll das?», raunzte sie ihn an.

Rick merkte überdeutlich, dass er auf extrem unsicherem Terrain stand. «Ich wollte dich zu meiner Heiligabend-Party einladen. Ich würde mich freuen, und es war auch Carolas Idee.»

Das war einer der schlechtesten Texte, die er je aufgesagt hatte, damit würde er Birgit bestimmt nicht überzeugen. Vielleicht brachte der Name der Pastorin ja etwas Vertrauen ins Spiel.

«Nein.»

Wie erwartet.

Er drückte Birgit den Blumenstrauß in die Hand. «Ich verstehe, dass du es absurd findest, ausgerechnet mit mir zu feiern.»

«Allerdings.»

«Trotzdem würde ich gerne Frieden mit dir schließen.»

«Mama, wir wollen an Heiligabend ins Schwimmbad!»

Rick war froh, als er den Besuch bei Birgit hinter sich gebracht hatte. Als Nächstes holte er Kai in der Pension ab, sie mussten dringend fürs Buffet einkaufen. Natürlich waren sie spät dran, vieles war längst vorbestellt, sie mussten nehmen, was noch da war.

Zum Glück war Kai als Koch der Pension gut vernetzt und konnte hier und da noch etwas aus einem Lagerbestand ergattern. Im Gemüseladen von Hannes Dau schlugen sie als Erstes zu, Kai kaufte sich einmal kreuz und quer durch den Laden: Avocados, Artischocken, Tomaten, Gurken, Rote Bete. Rick hatte keine Ahnung vom Kochen und war nur zum Bezahlen und zum Tragen mitgekommen.

Hannes Dau war Asien-Fan und hatte eine Menge exotischer Gewürze vorrätig. «Die lassen sich hervorragend mit der nordfriesischen Küche verbinden», meinte Kai.

Rick glaubte ihm alles.

Anschließend ging es in den Fischladen von Peter Brodtke.

«Moin, Rick, Moin, Kai», grüßte er. «Na, das ist ja mal eine interessante Konstellation. Wollt ihr etwa zusammen Weihnachten feiern?» Er schien amüsiert.

«Wir brauchen den besten Fisch, den du hast», erwiderte Kai.

Peter kratzte sich am Kinn. «Wie sieht es aus mit Heilbutt, fangfrisch aus der Nordsee?»

Besser ging es nicht.

«Davon bitte zehn.»

Hinzu kamen ungepulte Krabben und Muscheln, Rick lief jetzt schon das Wasser im Mund zusammen.

Danach bestellten sie bei Bäcker Hansen frisches Brot, und damit waren sie versorgt.

Sie luden alles in Ricks Geländewagen und fuhren die Sachen zu seiner Villa. Getränke hatte er im Keller noch genug, vor allem Rot- und Weißwein sowie Champagner.

Während Kai begann, in Ricks Küche die ersten Speisen vorzubereiten, fuhr Rick noch mal in die Altstadt. Er suchte im Schnelldurchgang Geschenke für seine Gäste, was nicht einfach war, weil er die meisten nur oberflächlich kannte.

Die kleine Inselbuchhandlung wurde seine Rettung. Greta kannte alle, hatte im Kopf, was für Geschichten sie mochten, welche Bücher sie besaßen, und sogar, was sie dieses Jahr von anderen geschenkt bekamen. Besser konnte es für ihn gar nicht laufen! Als er alles zusammenhatte, traute er sich endlich, die Frau seiner Träume anzurufen, um auch sie einzuladen.

Hoffentlich kam sie! Sicher war er nicht.

26.

Carola ließ sich im Antiquariat auf die Sesselkante sinken. So einsam hatte sie sich noch nie in ihrem ganzen Leben gefühlt. Ihr Körper war schwer wie Blei.

«Schon mal Landrover gefahren?», fragte eine Stimme hinter ihr.

Sie drehte sich ruckartig um. Vor ihr stand Rick, er sah betrübt aus. «Wollte keiner kommen?», fragte sie matt und drehte sich weg. Er sollte nicht sehen, dass sie geweint hatte.

Er zuckte mit den Achseln. «Sorry, die Leute sind einfach zu stur.»

«Und jetzt?»

«Ich dachte, wir machen das Beste daraus und feiern bei mir. Ich habe das Lametta in mein Wohnzimmer gebracht.»

Carola war zu frustriert, um sich aufzuregen. Gemäß der Bergpredigt sollte sie ja ihre Feinde lieben – aber vielleicht nicht ausgerechnet an Heiligabend?

«Was ist mit Dörte?»

«Feiert bei sich zu Hause …»

«Nee, lass man», sagte sie. Auf Ricks Mitleid konnte sie verzichten, dann wollte sie lieber alleine sein.

Rick bekam einen Lachanfall. Er kriegte sich gar nicht wieder ein. «Das war ein blöder Witz, Carola! Komm mit, dann wirst du ein Wunder erleben.»

Was meinte er damit? Wie betäubt ging sie mit ihm raus und stieg in seinen Wagen. Es war auch schon egal.

Ricks weiße Villa wurde von außen mit Scheinwerfern angestrahlt, wie von einem Rettungsschiff. Um das Haus herum wirkte es dadurch fast taghell.

Carola starrte auf den Eingang. Vor der Tür standen ungefähr 25 Leute, die jubelten und klatschten, als sie ausstiegen. Sie erkannte Birgit mit ihren Kindern, die sich anscheinend in die Höhle des Löwen getraut hatten, den alten Hinnerk mit Traute, sogar Natascha, Rahel und viele andere Insulanerinnen und Insulaner, mit denen sie nie gerechnet hätte!

«Aber ...», murmelte sie. Carola kam sich im Scheinwerferlicht vor wie bei einer Oscar-Verleihung. Den Schock über die leere Buchhandlung hatte sie immer noch nicht ganz verdaut.

Rick hob die Schultern. «Tut mir leid, es sind einfach zu viele geworden, die hätten nicht alle ins Antiquariat gepasst. Und ich wollte niemanden ausladen.»

Carola traten Tränen in die Augen.

«Schöne Weihnachten, Carola», sagte Rick.

«Schöne Weihnachten, Rick», antwortete sie lächelnd. «Auch wenn du einen blöden Humor hast.»

Dann umarmten sie sich, das erste Mal in ihrem Leben.

Rick führte sie in sein Haus. Im riesigen Wohnzimmer war eine lange Tafel mit silbernen Kerzenleuchtern aufgebaut. Durch die Fenster sah man, wie das Mondlicht aufs Meer schien, der Leuchtturm der Nachbarinsel blinkte herüber. Auf einem Tisch war ein üppiges Buffet angerichtet, mit allem, was man sich wünschen konnte.

Kai stand in schwarzer Kochjacke in der offenen Küche und schwitzte bei den letzten Vorbereitungen. Er mixte asiatische mit nordfriesischen Elementen, was wunderbar zusammenpasste: Allein sein Chicorée mit frischen Krabben und Currycreme war zum Niederknien. Wie er das alles in so kurzer Zeit hinbekommen hatte, blieb sein Geheimnis, aber er hatte es geschafft. Dazu hatte Rick seine besten Weine aus dem Keller geholt, er war ein großzügiger und aufmerksamer Gastgeber.

Das Lametta aus der kleinen Inselbuchhandlung hatte er überall im Raum verteilt, der kleine Weihnachtsbaum mit den Engeln stand vorm Fenster. Auch das Rauschgold hatte Rick nicht vergessen. Weil sein Wohnzimmer viel größer als das Antiquariat war, hatte er noch einiges dazugekauft, offensichtlich stand auch er auf Kitsch.

Rick stellte sich in Strümpfen auf die Couch vorm Fenster und bat um Ruhe. «Moinsen! Schön, dass ihr alle da seid», rief er. «Wieso haben wir so eine Feier nicht schon früher mal gemacht? Da musste erst Carola vom Friesendom kommen, die sich das ausgedacht hat. Danke, Carola, ohne dich wären wir nicht hier.»

Er erhob sein Glas. «Sünjhaid!»

Alle stießen auf sie an.

Carola zog die Schuhe aus und stellte sich in dunkelroten Seidensocken auf die Couch gegenüber. «Ich möchte mich bei unserem noblen Spender Rick bedanken», rief sie. «Er bestreitet bis heute, die Umschläge verteilt zu haben, die so vielen auf der Insel geholfen haben. Rick, du darfst es auch weiterhin tun, aber wir wissen es besser. Danke, dass wir heute bei dir feiern können.»

Sie erhob ihr Glas. «Sünjhaid!»

Alle stießen erneut an, diesmal auf den Gastgeber.

Später hörte Carola mit, wie Rick Birgit in einen Nebenraum lotste. Dort hatte er Geschenke für die Kinder vorbereitet.

«Ich möchte, dass du sie in deinem Namen überreichst», bat er.

«Nein, das möchte ich nicht.»

«Ich erst recht nicht, wie sähe das aus? – Bitte!»

«Nee.»

«Svenja und Tim? Kommt ihr mal?», rief er laut. «Ich glaube, der Weihnachtsmann war hier!» Dann rannte er aus dem Raum, sodass Birgit alleine mit den Paketen zurückblieb.

Die Kinder waren begeistert, mit so vielen Geschenken hatten sie nicht gerechnet. Svenja bekam eine Ritterrüstung aus Plastik, Tim freute sich über Lego en masse, dazu kamen eine Menge Bücher. Die beiden begannen sofort, mit ihren neuen Sachen zu spielen.

Nach der Bescherung holte Hinnerk sein Akkordeon raus, Rick schnappte sich seine Gitarre. Vorweg kam von Hinnerk ein Spruch von Ringelnatz, den er laut hinausrief: «Die besinnlichen Tage zwischen Weihnachten und Neujahr haben schon manchen um die Besinnung gebracht. Jeder spinnt auf seine Weise – der eine laut, der andere leise.» Dann sang er Shantys zum Akkordeon, Rick begleitete ihn. Erst kamen die bekannteren, wie «Rolling Home», die alle mitsingen konnten. Dann trug er Seemannslieder aus Schottland vor, die die meisten noch nie gehört hatten.

Alle gaben ein bisschen Acht auf Traute, die einmal über die Terrasse verschwinden wollte und sich ein anderes

Mal flach auf den Boden legte. Sie gehörte dazu, wie sie war.

Rick zeigte Birgit und den Kindern das Schwimmbad. Natürlich erst, nachdem er Birgit gefragt hatte, ob die beiden gut schwimmen konnten. Das war der Fall, außerdem war das Wasser nicht tief.

Rick tanzte mit Dörte, die doch noch erschienen war, wenn auch mit einiger Verspätung. Sie sahen verliebt aus, sie waren ein schönes Paar.

Na, ein kleines bisschen hast du zu ihrem Glück beigetragen, dachte Carola zufrieden bei sich. Aber das würde ihr und Ricks Geheimnis bleiben.

Die gesamte Insel hatte sich in der Adventszeit einmal um die eigene Achse gedreht, jedenfalls kam es ihr so vor. Dass Birgit und Rick Heiligabend zusammen feiern würden, hätte sie vor zwei Wochen kategorisch ausgeschlossen. Sie nahm sich ein Glas Champagner und ging hinaus auf die Terrasse. Vor ihr glitzerte das nächtliche Meer im Mondlicht. Von der Nachbarinsel blinkte der Leuchtturm in regelmäßigen Abständen zu ihr herüber.

Wo Torin wohl gerade war? Jetzt, als sie das erste Mal seit Wochen etwas entspannen konnte, spürte sie, wie nahe sie sich ihm die ganze Zeit gefühlt hatte. Insgeheim musste sie es sich eingestehen: Ja, sie hatte nach ihrer gemeinsamen Nacht im Schnee viel an ihn gedacht.

Viel?

Eigentlich andauernd.

Auch als sie das zweite Mal auf die Hallig kam, zu «Silvester», waren sie sich nahe gewesen. Heute fragte sie sich, warum sie nicht einfach bei ihm geblieben war. Wobei sie umgekehrt nicht einschätzen konnte, wie er zu ihr stand. Was er fühlte und dachte, behielt er für sich, für sie war es ein Rätsel. Oder sollte sie es als ein Zeichen seiner Zuneigung werten, dass er ihr seinen Tisch geliehen hatte? Das war nett gewesen, aber doch nicht romantisch.

Trotzdem, manchmal hatte sie das Gefühl, dass er sie länger angeschaut hatte als nötig. Dass er ihr etwas sagen wollte, was einfach nicht aus ihm herauskam. Aber da konnte sie sich irren. Ob er jetzt heimlich mit seiner Familie Weihnachten feierte, ohne dass Annerose es mitbekam? Falls sie das Fest ausfallen ließen, hätte er doch kommen können, oder? Sie wäre jetzt gerne bei ihm, heute hätte sie sich nicht zurückgehalten.

Ihr Handy piepste, es war eine SMS: «Einen schönen Heiligabend von Deinem Torin.»

«Deinem»? Die Anrede großgeschrieben, wie es früher üblich war!

Sie antwortete umgehend. «Dir auch, Deine Carola.»

Ihr Handy piepste erneut. Wieder von Torin: «Ich finde, wir beide hatten eine wunderschöne Zeit zusammen.»

Das war offen wie nie. Andererseits war es überhaupt nicht mutig, weil er weit weg war, und per SMS riskierte er nichts.

Carola schrieb zurück: «Wo kann ich das unterschreiben?»

«Hier!», sagte Torin.

Sie drehte sich um.

Er stand vor ihr auf der Terrasse, als sei er gerade vom Himmel gefallen.

«Kann ich dich vielleicht mal umarmen?», fragte er leise.

Es dauerte keine halbe Sekunde, dann küssten sie sich. So lange, bis ihnen schwindelig wurde.

EPILOG

Vor den Scheiben ihres kleinen Reetdachhauses tanzen Millionen Schneeflocken. Carola liegt mit Torin unter einer Decke, näher können zwei Menschen einander nicht sein. Torin fühlt sich aufregend an, und gleichzeitig ein bisschen fremd. Bis zwei Menschen zusammenkommen, gibt es immer eine lange Vorgeschichte, in ihrem Fall waren es Jahrtausende.

Manche glauben, im Leben sei alles vorherbestimmt. Andere halten es für Zufall. Carola ist fest davon überzeugt, dass Torins und ihre Liebe vor über zweitausend Jahren in Bethlehem vorbereitet worden war. Kein Detail hätte fehlen dürfen. Als Carola die Weihnachtsgeschichte das erste Mal hörte, war sie noch ein kleines Kind. Sie war tief beeindruckt von den Tieren im Stall und dem Kind auf dem Stroh. Ihr Staunen hatte den Grundstein für ihre spätere Entscheidung gelegt, Pfarrerin zu werden. Und als solche war sie auf die Hallig gefahren und hatte Torin kennengelernt. Voilà!

Wie gesagt, manche glauben an so etwas, andere nicht. Nur eines ist unstrittig: Nis Puk gibt es wirklich, das kann jede und jeder auf der Insel bezeugen.

DANKSAGUNG

ICH WÜNSCHE MEINEN LESERINNEN UND LESERN FRÖÖLIGEN JUL UND MINDESTENS EIN INSELWEIHNACHTSWUNDER!

Insbesondere im Rowohlt Verlag:
meiner Leib-und-Magen-Lektorin Katharina Schlott,
Polaris-Leiterin Katharina Dornhöfer,
Verlagsleiter Marcus Gärtner,
Pressereferentin Anne-Claire Kühne,
Lesungsorganisatorin Lisa-Marie Paesike,
Audiopflegerin Katrin Seele,
Pressearchivarin Josefine von Eisenhart
und ALLEN im phantastischen Rowohlt-Vertrieb!

Sowie:
meinem langjährigen Literaturagenten und Komplizen Dirk Meynecke,
meinen wunderbaren PR-und Veranstaltungsagentinnen Britta Peddinghaus von «talent-x-change» sowie Julia Weber von «Musiktransfair».

Sowieso:
meinem Freund Jürgen Huss von «Bubu» in Wyk auf Föhr und seiner Familie.

Last, but really not least:
Sabine Kaack, die mit ihrer wunderbaren Stimme so einfühlsam und packend die Hörbücher meiner Romane liest: Du verstehst wirklich, was ich meine!
Sowie Heike Schmidtke und allen anderen im Argon-Hörbuch-Verlag, meinem Freund und Kollegen Hendrik Berg, meinen Förderern und Unterstützern auf Schloss Vietgest, Miriam und Helge Hager, sowie Conny und Thorsten Brocks vom Bücherhotel in Groß Breesen.

ZITATNACHWEISE

S. 17 und 167: Songzitat aus «Child in Time», Deep Purple, Text: Ritchie Blackmore, Ian Gillan, Roger David Glover, Jon Lord, Ian Anderson Paice
S. 61: Songzitat aus «Bad», Text: Michael Joe Jackson
S. 109: Songzitat aus «Andrea Doria», Text: Udo Lindenberg
S. 183: Zitat «Jeder spinnt auf seine Weise …», Joachim Ringelnatz

Weitere Titel

Die Insel tanzt

Friesensommer

Mein wunderbarer Küstenchor

Seeluft macht glücklich

Zwischen den Bäumen das Meer

Die Inselbuchhandlung-Reihe

Die kleine Inselbuchhandlung

Die Bücherinsel

Wiedersehen in der kleinen Inselbuchhandlung

Die kleine Friesencafé-Reihe

Das kleine Friesencafé

Ein Fest im kleinen Friesencafé

Die Oma-Imke-Reihe

Oma ihr klein Häuschen

Ein Strandkorb für Oma

Oma dreht auf

Omas Erdbeerparadies

Omas Inselweihnacht